長白山詩派叢書

张福有 主编

李容艳诗词选

李容艳◎著

時代文藝出版社

图书在版编目（CIP）数据

李容艳诗词选 / 李容艳著．—长春：时代文艺出版社，2019.7
（长白山诗派丛书 / 张福有主编）

ISBN 978-7-5387-5593-0

Ⅰ．①李… Ⅱ．①李… Ⅲ．①诗词－作品集－中国－当代 Ⅳ．①I227

中国版本图书馆CIP数据核字（2019）第014129号

出 品 人　陈　琛
产品总监　郭力家
责任编辑　李天卿
封面题字　王云坤
装帧设计　孙　利
排版制作　陈　阳

李容艳诗词选

李容艳 著

出版发行 / 时代文艺出版社
地址 / 长春市福祉大路5788号　龙腾国际大厦A座15层　邮编 / 130118
总编办 / 0431-81629751　发行部 / 0431-81629755　北京开发部 / 010-63108163
官方微博 / weibo.com / tlapress　天猫旗舰店 / sdwycbsgf.tmall.com
印刷 / 三河市万龙印装有限公司
开本 / 710mm×1000mm　1 / 16　字数 / 208千字　印张 / 15
版次 / 2019年7月第1版　印次 / 2019年7月第1次印刷　定价 / 90.00元

“长白山诗派丛书”编辑委员会

巍峨长白　张福有 摄

⊙ 2011 年 8 月 22 日，张福有在长白山天池

主 编 简 介

张福有，别署养根斋，祖籍辽宁东港，1950年生于吉林集安良民村，中央党校研究生，研究员。中国文联全委，中国摄影家协会理事，中国作家协会会员，中国书法家协会会员。曾任集安县委办公室副主任，通化地委办公室副主任，吉林省委副秘书长兼办公厅副主任，白山市委副书记兼政协主席，吉林省委宣传部副部长（正厅长级）兼吉林省社科联党组书记、副主席，吉林省文联（吉林省作协）党组书记、副主席和吉林省社科院副院长，吉林省政协常委，中华诗词学会二届、三届副会长等。现为中华诗词学会顾问，吉林省诗词学会会长，长白山诗副社长，《长白山诗词》主编，吉林省长白山文化研究会会长，吉林省文史研究馆馆员，吉林师范大学客座教授，中国社科院东北工程专家组成员，吉林省文物局集安麻线高句丽碑、安图长白山神庙遗址、抚松枫林遗址专家组成员。著有《养根斋诗词选》《张福有诗词选续辑》《诗词曲律说解》《长白山诗词史话》《高句丽王陵统鉴》等，辑笺《长白山诗词选》，编著《长白山诗词论说》《百年苦旅》《集安麻线高句丽碑》等，主编《长白山池南撷韵》等三十多部，有三十多项考古新发现，填补空白，纠正误识误读。2012年荣获“全国优秀科普名家”称号。被《长白山诗词》和“诗词中国”推荐为：“吉林诗家”“中华诗人”。力行以诗证史，倾心培育长白山诗派，为长白山文化研究和建设做出开拓性贡献。

长白瀑布　张福有 摄

⊙ 李容艳

作 者 简 介

李容艳，（曾用名：李蓉艳），吉林省集安市人。中共党员，在职本科学历。网名：玉湛清秋、丸都月儿等。先后做过职业教育、企业管理和党务工作。中华诗词学会会员，吉林省诗词学会理事，关东诗阵版主，通化市诗词学会理事，集安市楹联学会副会长、诗词学会会员。自幼酷爱阅读，笃爱诗词曲赋，在沉湎中且行且吟且思考。在敬畏痴迷中仰止大雅，于心灵深处感应天籁，享受天真孤独的快意。诗文见诸全国各级报刊和三十多部大型主题诗集，其站位鲜明扎实，视角旷远新颖，诗思蕴藉雅致，不乏响落天外清奇灵秀之笔。曾十多次获得创作十佳荣誉。在吉林省诗词学会成立三十周年纪念大会上荣获表彰。2014年1月，被推介为“吉林诗家”。

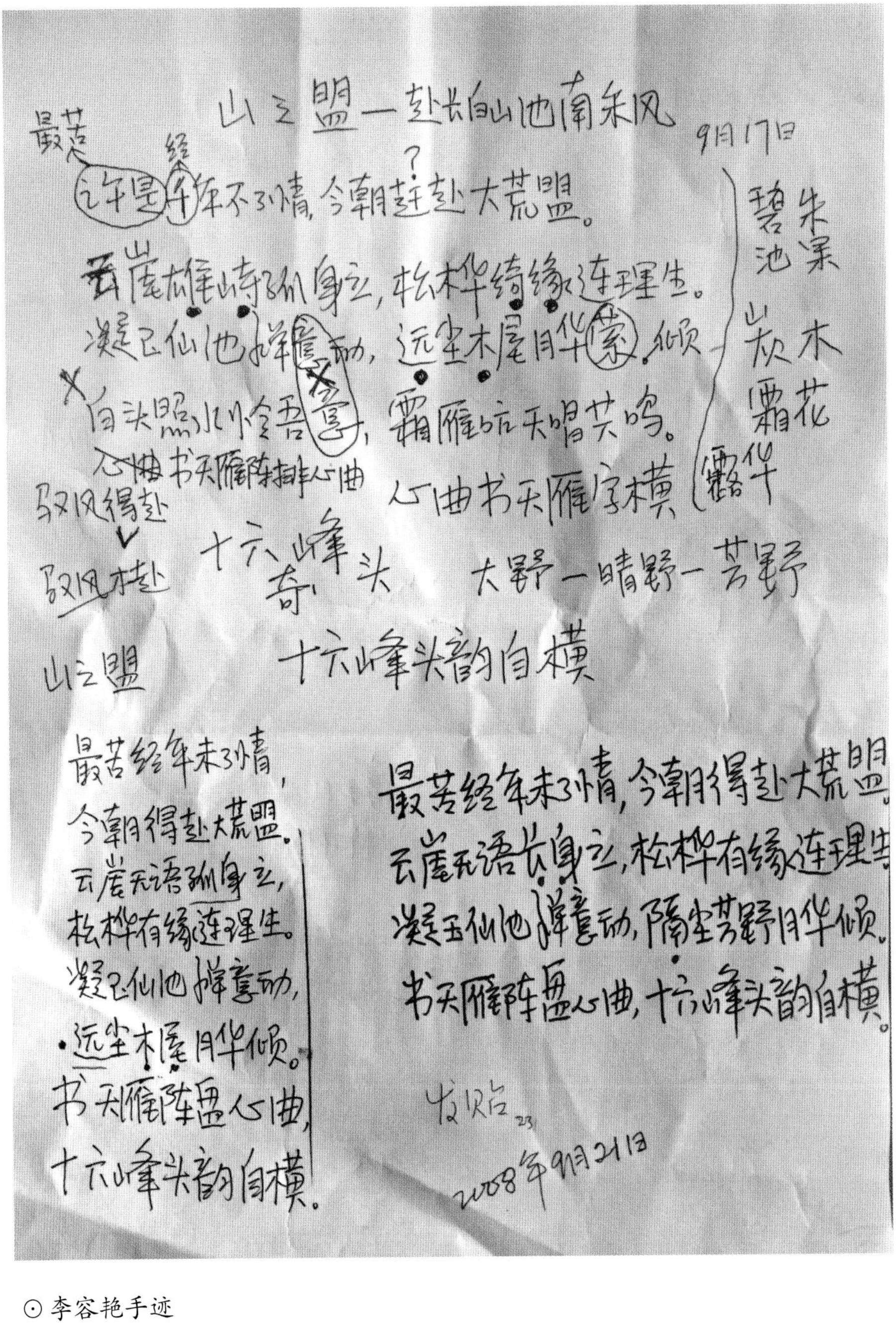
山之盟——赴长白山池南采风 9月17日

最苦经年未了情，今朝得赴大荒盟。
云崖无语长身立，松桦有缘连理生。
凝玉仙池弹意动，隔尘芳野月华倾。
书天雁阵盘心曲，十六峰头韵自横。

2008年9月21日

⊙ 李容艳手迹

总　序

经过多年的策划，“长白山诗派丛书”今年终于全面启动了。

早在1994年春，时任中共白山市委副书记蒋力华建议拙斋编辑《长白山诗词选》，并云：“担纲者，非兄莫属也。”拙斋深感兹事体大意深，可做，亦应做好。只是时任中共吉林省委副秘书长兼办公厅副主任，分管综合、信息、督查等政务工作，没有时间去做。1996年5月9日，拙斋亦被省委派到白山，任中共白山市委副书记兼市政协主席。当晚席间，力华说：“老兄，《长白山诗词选》这回可以动手了吧？”我答：“此事现在真的可以做了。”

此后，两年的业余时间，均做此事，每天只睡两到四个小时。辛苦，但很充实，也很快乐。

1998年9月8日，拙斋在白山市主持召开了全国第三次长白山文化研讨会暨《长白山诗词选》首发式。应拙斋之请，时任吉林省政协主席张岳琦同志莅临会议。中华诗词学会孙轶青会长写来贺诗。中华诗词学会常务副会长、《中华诗词》杂志社社长梁东，副会长、《中华诗词》主编刘征，副会长兼秘书长、《中华诗词》常务副主编周笃文，副会长、《中华诗词》常务副主编杨金亭，副会长、河南省诗词学会会长林从龙，中华诗词学会顾问、广西政协副主席、诗词学会会长钟家佐，《诗刊》常务副主编丁国成，著名诗词理论家丁芒等国内诗词大家齐聚白山，共襄盛举。会上，诸位诗词界权威盛赞《长白山诗词选》的辑笺和出版发行。丁芒先生着重谈了《长白山诗词选》的史学意义。梁东先生说："白山市委能从历史文化遗产中吸取力量，从几千年历史中展望未来，难能可贵。"刘征先生说："张福有同志辑笺《长白山诗词选》的出版，为繁荣中华诗词做出了不可磨灭的贡献。"周笃文先生说："词的源头可以追溯到《纪辽东》。《长白山诗词选》收录了隋炀帝和王胄的《纪辽东》，既是对长白山文化的贡献，也是对中华诗词的贡献。"杨金亭先生说："随着《长白山诗词选》的出版，呼唤长白山诗派的出现。《长白山诗词选》的出版，不仅是张福有同志对长白山文化的贡献，对繁荣中华诗词也做出了不可磨灭的贡献。这部书的问世，为研究长白山文化在中华文化中的个性与特色，提供了资料。这对于建设长白山诗派，很有益处。现在，全国的诗词创作空前活跃，不足之处是缺少诗派，或者说，有的流派还在形成之中。随着《长白山诗词选》的出版，呼唤长白山诗派的出现。只有众多诗派形成之后，才能有真正的诗词的繁荣。"这都是十分难得、甚为宝贵的评价和建议。尤其是杨金亭先生的意见，对于我们吉林省的诗词创作，具有特别重要的指导意义。中华诗词学会这几位先生的重要讲话，均收录在2001年10月出版的《长白山诗词论说》一书中，由时代文艺出版社出版。

培育长白山诗词流派，最重要的是加强诗词建设。加强诗词建设，是一项宏大的事业，要将其作为事业来对待。要有事业心和责任感，在队伍建设、阵地建设、理论评论建设、风格流派建设等方面取得突破。就此问题，我们抓了三十年，大致分为三个阶段：

第一个阶段是前十年。从1987年5月15日吉林省诗词学会成立，到1998年9月8日全国第三次长白山文化研讨会暨《长白山诗词选》首发式的举办。这十年多，主要是打基础，从组织上做准备和铺垫。长白山诗社几位社长特别是文中俊先生，做了很多工作。这十年多，虽然没有明确吉林的诗词发展要以什么为目标和主攻方向，但加强队伍建设、办好《长白山诗词》，传承旧体诗词、发展和繁荣诗词创作等方面，是明确的，而且是非常重要的。这是打基础的阶段。

第二个阶段是中十年。从1998年9月8日到2008年9月12日，即从全国第三次长白山文化研讨会暨《长白山诗词选》首发式起，到吉林省诗词学会第二次会员代表大会的召开。主要目标是深入挖掘长白山诗词的历史底蕴，建立、健全各级诗词组织。

长白山诗词底蕴深厚，从《诗经》的“大东”“追”“貊”“商”，到词的源头《纪辽东》；从汉、魏、晋、唐、宋，到辽、金、元、明、清，长白山诗词源远流长，而且有优秀的传世作品。隋炀帝的《纪辽东》，唐太宗的《辽城望月》，李白的《高句丽》《送王孝廉觐省》，张元幹的《念奴娇》，萧太后的《秋猎》，王寂的《渡辽》，赵秉文的《长白山行》，刘敏中的《卜算子·长白山中作》，朱元璋的《鸭绿江》，康熙的《望祀长白山》《柳条边望月》《松花江放船歌》等，吴兆骞的《长白山》《长白山赋》，乾隆的《驻跸吉林境望叩长白山》《望祭长白山》《吉林览古杂咏》《吉林土风杂咏十二首》等，张凤台的《赠刘建封》，刘建封的《白山纪咏》等，十分珍贵，不可多得。尤其是“三吴”——吴兆骞、吴大澂、吴禄贞，二沈——沈承瑞、沈兆禔，“吉林三杰”——成多禄、宋小濂、徐鼐霖，在长白山诗派中都堪称独树一帜，成就斐然。

《长白山诗词选》出版之后，我又陆续查找到一些与长白山直接有关的诗词。如，从金代王寂的《张子固奉命封册长白山回以诗送之》七律中可知，金代是派张子固到长白山北的神庙即安图“宝马城”封册长白山神为“开天宏圣帝”的。此事，《金史》中无记载，是以诗证史的典型例证。2009年，我将王寂这首七律收录进《长白山池南撷韵》一书，由吉林人民出版社出版。从王寂《鸡儿花》的五律中，可知他在信州偏脸城中的大明寺住过。曹雪芹的祖父曹寅，随康熙东巡到过吉林，有词《满江红·乌拉江看雨》，可谓坚证。吴大澂在《皇华纪程》中留下很多诗词，一路上在吉林境内吃住过好多地方。其实，他在第一次奉使吉林时（光绪六年腊月十五晚）就住在敦化官地镇岗子村，当时叫通沟镇，通沟驿站就是吴大澂增设的。通沟驿站的位置，与现在的通沟书院紧相比邻，仅距几十米。这都是不可多得的力作和掌故。这些长白山诗词作品，奠定了长白山诗词流派的根基。这是一笔非常宝贵的精神文化遗产。

我们要培育、建设长白山诗词流派，首先要深刻认识古人这些长白山诗词作品的重要价值，从中汲取养分，才能将其很好地传承下去。全省多数市州和有条件的县市区，都建立了诗词组织。2001年，由翟志国选编的《长白山诗词精选》，收录了《长白山诗词》自1985年创刊到2000年十五年间的诗词精品，正式出版。2003年出版的拙著《一剪梅情缘》，事由李克谦先生发端，俞平伯之子俞润民、陈煦伉俪热心助力，欧阳中石先生题写书名，严迪昌先生作序，全国近三百位诗人参与，感动了全国诗词界，其中的主要文章被收入《中华诗词年鉴》。

《长白山诗词选》出版以后，得到书法家的高度重视。徐邦家先生率先书写，出版专著。全省很多县市的县志、市志中，选入与当地有关的长白山诗词。吉林省地方志办公室又让我从志书里的诗词中，选收《志咏长白》等一百首，专门出版。《长白山诗词百韵》，是根据蒋力华先生的提议，由我从《长白山诗词选》中选录的。这一百首诗词，周至清代六十首，民国十首，当代三十首。书已出版，书法作品还举办了展览。

第三个阶段是后十年。从2008年9月13日到2018年4月4日，即从吉林省诗词学会第二次会员代表大会的召开起，到这次编辑的“长白山诗派丛书”书稿送交时代文艺出版社。

2008年9月13日，我们召开了吉林省诗词学会第二次会员代表大会。经会长办公会讨论、张岳琦会长审定，我在报告中提出“发展振兴我省诗词事业，培育、建设长白山诗词流派，使之进一步融入全国诗词由复兴走向繁荣的大潮”的五项主要工作任务：一是，扩大诗词队伍，加强组织建设；二是，提高创作质量，办好《长白山诗词》；三是，深入生活，深入实际，多创作关心时事、反映现实、感悟人生的作品，使之成为诗词创作的主流；四是，加强对外交流；五是，与时俱进，积极开发电子网络传媒中的诗词活动。其中主要是通过大规模采风创作，锻炼、提高队伍，坚持出版大型主题诗词集。这期间，在集安、长白山池南区、江源、通化县、公主岭、白城、农安、辉南、珲春、图们、梅河口、通榆、长白山池北区、四平、东丰、吉林市龙潭区江密峰镇、敦化等地举办的诗词采风和诗词活动中，我们都反复强调培育、建设长白山诗词流派这一重要工作，形成共识，齐心协力地抓落实，见到显著成效。

2010年3月21日，中华诗词学会顾问、《中华诗词》主编杨金亭先生在我省农安诗人叶宝林的诗词研讨会上高兴地说：“可以说，长白山诗词流派，现在已经初步形成。”这是杨金亭等先生对吉林和东北诗词事业的充分肯定。

三十年间，我们主要做了以下工作：

一是，连续组织大型采风活动。

1. 2005年4月23—24日，关东诗阵第一届年会暨杏花诗会在白城市召开。

2. 2006年，关东诗阵年会暨百家诗人咏黄龙活动于7月12—13日在黄龙府农安召开。

3. 2007年4月29日—5月2日，在集安召开年会，著名诗人熊东遨、包德珍、韩林坤、张驰参加。出版采风诗集《历代诗人咏集安》。

4. 2008年3月16日，由耐寂轩主主编的《长白山诗词》刊发《关东诗阵专号》，共收关东作者一百三十余人，近五百首作品。

5. 2008年9月5—7日，由长白山池南区管委会、关东诗阵联办的“长白山池南颂采风之旅暨关东诗阵2008年年会”在长白山池南区召开。出版采风诗集《长白山池南撷韵》。

6. 2009年3月23日，在中共吉林省委宣传部的大力支持下，召开了《长白山池南撷韵》出版座谈会，来自吉林、黑龙江等地的六十多位作者代表出席。

7. 2009年6月12—14日，在公主岭市举办“公主岭诗乡之旅暨关东诗阵2009年年会”，著名诗人熊东遨、李枝葱参加。出版采风诗集《公主岭风韵》。

8. 2009年7月，通化县“酒海溢香”诗会。出版采风诗集《酒海溢香》。

9. 2009年9月28—30日，由白山市江源区、中华诗词论坛、吉林省诗词学会、长白山文化研究会主办，中共白山市江源区委宣传部、关东诗阵、江源区文化旅游局承办的“江源毓秀金秋采风”活动暨《百年苦旅》首发仪式、庆祝关东诗阵成立五周年大会在江源区举行，包德珍、张驰再度参加。出版采风诗集《江源毓秀》。

10. 2010年5月，举办白城杏花诗会，熊东遨、钱明锵参加。

11. 2010年7月6日，在辉南玛珥湖山庄举办“当代诗人咏辉南龙湾采风行”活动。出版采风诗集《当代诗人咏辉南》。

12. 2010年9月11日，农安诗会暨关东诗阵2010年年会。出版《黄龙逸韵》。

13. 2011年6月，再次组织通化县采风活动，召开关东诗阵2011年年会。出版采风诗集《诗人走进通化县》。

14. 2011年8月，《图们江放歌》出版。8月19日—21日，在图们市朝鲜族百年部落举行首发式，三十位诗友聚集一堂，围绕《图们江放歌》出版发行的历史意义、文化价值、培育长白山诗词流派等问题开展研讨。

15. 2011年12月，《辛卯开岁联唱集》出版。

16. 2012年7月20—22日，梅河口采风活动，召开关东诗阵2012年年会。采风作品收入《梅津汇律》《海龙吟》。

17. 2012年9月22—23日，《珲春韵汇》《延边礼赞》出版，为延边设州六十周年献上厚礼。

18. 2013年8月5—6日，通榆向海采风活动，召开关东诗阵2013年年会。出版采风诗集《鹤乡雅韵》。

19. 2014年5月28日，中共四平市铁东区委、区政府和四平市诗词学会，共同举办“纪念纳兰性德诞辰三百六十周年端午诗会”，吉林省诗词学会参加活动。

20. 2014年7月4—6日，《诗情画意鹿乡行》采风启动仪式在东丰县举行。“中华诗词论坛·关东诗阵”的主力五十位诗友参加采风，召开关东诗阵2014年年会。12月31日，中共东丰县委、县政府隆重召开《诗情画意鹿乡行》首发式，有七百多人参加。

21. 2014年8月28日，中华诗词学会主办的“寻梦纳兰性德祖地，走进诗情画意四平”诗词研讨会在四平市铁东区叶赫大架山晨亮会馆举行。全国诗人走进四平，省诗词学会大力支持。四平市诗词学会为了宣传纳兰性德祖居地，研究纳兰性德诗词，还举办了纳兰性德诗词大讲堂。

22. 2015年12月18—21日，“纪念刘建封诞辰一百五十周年长白山诗会”在长白山一山一蓝生态主题酒店举行。诗词中国组委会代表、中国出版集团中版文化传播公司总经理助理沈昊，向“诗词中国创作基地定点合作单位”一山一蓝生态主题酒店、长白山历史文化园授牌。2015年度关东诗阵年会召开。会后结集出版《韵补东荒》。

23. 2016年9月23—25日，吉林省诗词学会组织东北三省部分诗人在吉林市龙潭区江密峰镇采风。“精彩龙潭”诗词座谈会暨关东诗阵2016年年会在龙潭区档案馆召开。关东诗阵九名版主参加了这次活动。

24. 2017年4月29日—5月1日，“敖东绮韵”关东诗阵2017年年会在敦化举行。敦化市诗词学会和通沟书院于亚茹院长给以大力支持。

关东诗阵的年度采风，得到了吉林省委原书记王云坤的高度重视和鼎力支持，多次题写书名，得利了吉林省政协原主席、中华诗词学会顾问、省诗词学会老会长张岳琦和中共吉林省委原副书记、省诗词学会顾问唐宪强的大力支持。只要能脱开身，他们都尽量到采风市县参加活动。平时，也帮助省诗词学会解决不少难题。吴文昌同志曾任中共吉林省委组织部副部长、吉林省人事厅厅长等职，出任“中华诗词论坛·关东诗阵”首版助理，帮助论坛把关定向，做了很多重要工作。个人出版有《临清集》《俯仰集》等三本诗集。聂德祥同志退休前任吉林省诗词学会副会长，是学会资历最深的副会长，出版有《试剑集》和《虎啸集》，积累了大量资料和诗词档案，为学会的建设做了很多工作。在每年诗词采风之后的编书工作中，副会长翟志国的从严把关让人记忆犹新。出力最多的是副会长温瑞，眼明手快，加快了进度，保证了质量。副会长邵红霞和关东诗阵首版助理高丰清多次参与编书。除了采风之外，我们还根据中华诗词学会的部署，编辑出版了《中华诗词文库·吉林诗词卷》，堪称是对长白山诗词流派建设成果的一次集中检阅。我们还根据中华诗词学会的部署，编辑了《当代中华诗词集成·吉林卷》。

二是，坚持办好《长白山诗词》，出版具有地域特色的诗词作品集。《长白山诗词》，有国内外公开刊号，张岳琦主席提出明确的办刊理念：“扎传统之根，开时代之花，育佳作之林，建诗友之家。”双月刊，现已出刊一百四十八期。

在采风之后正式出版的大型主题诗集之外，我们还编辑出版了《香远溢清》《百年苦旅（诗贺）》《戍楼浩咏》《人民警察颂》《法书吟鉴（诗贺）》《李元才书法集（诗贺）》《白山纪咏》《雪域情怀》《纪辽东》《辛卯开岁联唱集》《松花玉咏》《长白山黑陶》《公主岭玉米之乡》《吴景升文集（诗贺）》等诗集。九台、德惠、农安及白山、集安、通化县等地，都有固定的诗词刊物和诗集出版。真可谓硕果累累，被中华诗词论坛张驰先生称为“关东诗阵现象”“吉林诗词现象”，被周笃文先生誉为“关东铁军”。

关东诗阵的历任首版及版主，无偿做了大量工作。《关东诗阵·精华卷》，从2004年10月，到2018年3月，共有一百六十二卷，收录精华诗词曲一万零五百八十五首（篇）。其中，诗七千三百一十首，词三百一十六首，曲九十五首，赋四篇，楹联十五副。吉林省诗词建设成就斐然，与长白山诗社序列在吉林省政协有直接关系。三十多年前，中共吉林省委强晓初书记大力支持成立长白山诗社和省诗词学会，诗社有编制、有经费、有公开正式刊号。张岳琦主席等吉林省政协主要领导继续大力支持，使得吉林的诗词事业不断发展。

在近十一年由吉林人民出版社等出版的二十多本大型主题诗集中，有诗词三万多首，其中约有两万首是相对集中写长白山的诗词作品。这是长白山诗词流派的重要内容和代表作。采风所得的丰富作品与大家平时创作的作品，构成“长白山诗派丛书”的坚实基础。出版《会意天风合律鸣》等八本诗词专辑的中共吉林省委宣传部原常务副部长、省诗词学会副会长蒋力华同志，对长白山诗词创作取得的这些丰硕成果，由衷地高兴，指出：建设“诗域吉林”，已经初见成效。

三是，重在培养提高创作队伍。吉林省内多数市州县区，都有诗词组织和刊物。很多诗人都出版了自己的诗词专辑，有的出版过多本。白城“四匹狼”、德惠“三花一剑”、磐石“草堂八友”、“佟江七子”、“通化八拙”等，名传省外。李容艳、陈淑艳等诗友将关东诗阵每年一度的采风创作称之为“拉练”。每次“拉练”，关东诗阵都是主力。以《长白山池南撷韵》为例，本书作者来自全国二十三个省、市、区一百九十八人，其中，东北三省九十八人，占近百分之五十。在东北三省的九十八人中，吉林省八十一人，占百分之八十二点七。在中华诗词学会举办的六届

“华夏诗词奖”中，先后有邵红霞、奚晓琳、张文学获一等奖，翟志国、于德水、褚艳芳、寇彦龙、李红光、赵丽萍、李振平获二等奖，刘庆霖、陈旭、吴菲、边郁忠、张彦、于海凤、吴文昌、田子馥、宋轼霖、张英玉、张景芳、叶剑波、冯振江、房爱广获优秀奖。其他奖项吉林诗人就更多了。

被诗词界誉为“诗坛铁军”的这支队伍，招之即来，来之能咏。人民出版社出版的《呼唤》，中华诗词学会第四次会员代表大会的志贺诗《蟹岛唱和集》，近三年恭王府的《海棠雅集》，在很短的时间内，我在大家的支持下，均约提供了二分之一的作者、三分之二的作品。

四是，积极争取发展繁荣长白山文化、长白山诗词进入吉林全省工作决策中。根据我们的建议，长白山文化建设包括长白山诗词建设，陆续被写入省党代会报告、省委全会的决议和省政府、省政协的工作报告中，写入省委常委会、省政协的年度工作要点中，真正进入全省的工作决策。这是前所未有的重大转变，标志着长白山文化、长白山诗词建设，已经由研究层面，进入到实施层面，意义重大，影响深远。这一重大转变的时点，恰逢长白山得名一千周年之际。据《辽史》记载，辽圣宗统和三十年（1012年），“长白山三十部女直乞授爵秩”，并有“长白山女直国大王府”“鸭绿江女直大王府”之说。女直即女真，因为避辽兴宗耶律宗真之讳，辽改女真为女直。在长白山得名一千周年之际，吉林省政协于2012年6月27日，在省宾馆成功地举办了长白山文化发展论坛，机遇巧合，意义殊深。时任省政协主席、后为省长、现为省委书记的巴音朝鲁主持会议，时任全国政协副主席孙家正到会做重要讲话，省政协副主席任凤霞主持第二阶段论坛，省政协书画院院长、省诗词学会副会长蒋力华具体负责筹备这次长白山文化发展论坛。著名学者余秋雨先生和我发表主旨演讲。我的讲演的重要内容，就是阐述长白山文化是代表吉林文化的标志性符号，长白山诗词是长白山文化的精粹，介绍长白山诗词流派的重要成果。

五是，凭借网络、手机等现代传媒手段，开展全国联动唱和。吉林省诗词学会与中华诗词论坛合办关东诗阵。有了这个平台，堪称如虎添翼。正是利用这一平台，从2005年开始，我发起了贺春唱和。每年从腊月廿三“小年”开始，到次年正月十五结束，开展同韵贺春唱和，成为当代中华诗词的一道靓丽风景。2011年春节，由沈鹏、周笃文、张福有、张岳琦四家发起辛卯开岁联唱，在内地及港澳台地区引起了热烈反响，上万名诗歌爱好者上网参与，以祈福祖国、讴歌时代和歌唱生活为主题的联唱，为新春佳节增添了浓郁的中国传统文化气息。仅半个月时间，高筑吟楼八百九十九楼，点击一万三千多人次，参与唱和的诗人遍布内地三十一个省、市、自治区、直辖市和香港、澳门特别行政区以及台湾地区。这是2005年春节以来贺春的高潮，内地三十一个省、市、区和港、澳、台地区三百多位诗人参与和诗，共得同韵和诗三百八十三首，陕西旅游出版社出版了《辛卯开岁联唱集》，《人民日报》2011年11月22日做了报道。2011年，张岳琦主席的“先”韵和我的“芳”韵唱和，仅半月时间，有近千人参加，加上步四家联韵，三韵共收和诗一千二百三十首，盛况空前，史无前例。周笃文先生盛赞曰：“真昭代祥瑞也！”“功德无量！”

2012年春节，更是高潮迭起。初一漏夜，书坛泰斗沈鹏先生以手机发给我七律的首联。我即转给周笃文先生得续颔联，返我后又接成颈联发给张岳琦先生，足成一律。我将其发至网上，并提示诗友云：为客岁四家联唱之继响也，不啻当今吟坛又一雅事。

从2005年乙酉到2016年丙申，地支满一轮，历经十二年，得内地三十一个省、市、区一千二百四十多位诗人响应，共得贺春和诗四千二百多首。2016年，我们悉遵蒋力华君雅意，以《长白山诗词》2016年增刊形式，编辑出版了《春韵满神州——十二年贺春唱和集》，收录一千二百四十余位作者两千六百多首诗。2017年和2018年，又收到一千余首同韵和诗。每年春节的贺春活动，都迅即传播到很多网站。贺春主题帖成为全国诗词界目前吟楼最高（超千层）、人气最旺（过万点）的热帖。广大网友评价，网上和诗迎春，堪称一个创举。这些活动的成功，发起者因势利导，组织者既是诗人，同时又能亲自上网。张岳琦同志和周笃文先生每天都亲自上网看稿，发现情况，随时沟通协调。在和诗过一百首、二百首、三百首、五百首之后，我们相继依原韵作诗感谢诗友。春节期间，我每天都在网上工作十六个小时左右，一千多楼的跟帖，除极个别者外，每帖必回，好的给以鼓励，致以谢意；遇有出律的和需要修改的，提出意见和建议，有的还要反复多次才能定稿并不断编帖。讨论中，充分发扬学术民主，尊重作者意见。同时面对近千名作者，我都通过论坛短信、电子邮箱和手机，及时掌握作者的姓名、地址、邮编、电话，建立通讯录，出书后，给作者寄书。

大量艰苦细致的工作，赢得了广大诗友的敬意和感佩。2011年春节，安徽诗人胡宁在回帖中写道："什么叫精气神？什么叫凝聚力？"张岳琦先生在给我的短信中写道："联句唱和，蔚为壮观。此乃今年诗坛特有的盛事！工作浩繁，完全是奉献。"周笃文先生称赞道："开岁诗联唱活动形成了一种新的网络文化现象，在互联网飞速发展并影响着人们生活的今天，还有这么一群诗歌爱好者拥有着健康向上浪漫诗意的过年方式，堪称诗坛铁军，真是奇迹！"并致信于我："爱兄之骆驼精神，诗坛殆罕其匹也！"周笃文先生欣慰地说："这次活动还是一次成功的探索，它激活传统，继雅开新；网络诗文，表现当代。"

每年网上贺春结束后，我都在蒋力华的支持下，选二三十首精品佳作转给《吉林日报》刊发，《长白山诗词》也选发百八十首，做到网刊互动。

2018年的贺春活动，共收到和诗四百五十多首。《长白山日报》以三个版的篇幅，刊发一百五十首。《协商新报》刊发五十首，《城市晚报》刊发三十六首，《长白山诗词》第3期刊发一百二十首。

六是，创立新词牌，精心创作继雅开新的标志性作品。马凯先生提出“求正容变”，周笃文先生提出“继雅开新”，深有见地。就此，我们做了一些探索。

（一）规范《纪辽东》词谱，三年多全国有二十八个省、市、区三百多位诗人创作《纪辽东》四千多首。隋炀帝，即杨广（569—618），首创《纪辽东》，堪称不朽。大业八年（612年），隋炀帝伐高句丽，渡辽水，大战于东岸，并作《纪辽东》。其中“轻歌凯捷丸都水”句，“丸都水”在《全汉三国晋南北朝诗》《隋书》和《奉天通志》中均作“九都水”，乃误。我在辑笺《长白山诗词选》时将其订正为“丸都水”。“丸都”，系高句丽都城国内城的守备城——丸都山城，在今吉林省集安市城西北二点五公里处。而九都，于历史、地理等方面均不确。“丸都水”，确指应为丸都山城下的通沟河。通沟，亦称豆谷、洞沟。1998年9月8日，时任中华诗词学会副会长兼秘书长周笃文先生指出，根据任半塘先生的论断，隋炀帝和王胄的《纪辽东》，当是词的源头。之后，周笃文先生还给我转来任半塘先生论及曲辞起源应始自隋代之大札，征引旁博，确凿不移。任半塘先生的论断是可信的。宋词源于唐曲子，唐曲子自燕乐出，实始于隋。这就将词起源于晚唐、中唐之说，又向前推进了。宋人郭茂倩明确指出：“《纪辽东》，隋炀帝所作也。”即录以冠“近代曲辞”。龙沐勋肯定《纪辽东》“为倚声制词之祖”，“为词体之所托始”，这应当是不争之定说。隋炀帝的《纪辽东》，传到敦煌莫高窟中，以《求因果》为名，有四十五首。之后，两宋、金、明、清历代，都不乏类似《纪辽东》的词作，只是调以《武陵春》《贺圣朝》《导引》《祝英台》《双头莲令》《隔溪梅引》《阮郎归》变格等别名。这些词牌及作品与《求因果》《纪辽东》在体式上的联系在于“七五为章”，上下两片，四十八个字；差异在于平仄、韵脚变化增多且不换韵。词之源头，是隋炀帝的《纪辽东》。《纪辽东》，开长白山诗词之先河。词的源头能与世界文化遗产吉林集安之丸都山城乃至长白山文化相连，实为中华诗词发展史上之佳趣，更是长白山文化、长白山诗词、集安文苑中不可多得之瑰宝。2009年秋，我借《江源毓秀》创作之机，依隋词体格，作七言五言，双调联章，边创作边作规范平仄与用韵。以七律格式为底本，对于五言句，减偶数句七言句前二字。共得四种格式，就首句末二字论，有平平脚、仄平脚、平仄脚、仄仄脚四种，兼有些许变化。平仄粘对同律，词性不用对仗。仄平脚句要防孤平，可用拗救。此外，一三五不论，二四六分明。平收，均用平韵。仄收，同韵部叶仄，也可不叶。拙文在《长白山诗词》2009年第6期和“中华诗词论坛·关东诗阵”发出之后，立即得到周笃文先生的鼎力支持，挤出宝贵时间惠赐《贺〈纪辽东〉词谱问世寄张福有并序》，誉之为：“《纪辽东》词谱得福有兄悉心整理，厘定四格并亲制六组二十四阕，以为发凡起例。此大功德也，堪称不负平生之名山事业。”《中华诗词》2010年第8期，刊登了拙文《规范词谱传承〈纪辽东〉》。2010年9月25日，我在全国第二十四届（浙江乐清）中华诗词暨夏承焘、吴鹭山学术研讨会上宣读了《规范词谱传承〈纪辽东〉》的论文，此后，又上来一些作品。至此，可以说我们传承《纪辽东》的初衷完全得以实现。2011年4月，吉林人民出版社出版的《纪辽东》专辑，收录《纪辽东》一千八百一十五首。当隋炀帝初征高句丽、创作《纪辽东》一千四百周年之际，《纪辽东》突破四千首。仅蒋力华一人，就创作《纪辽东》四百多首，出版《纪辽东》专辑《天风直引大荒边》。李容艳以刘建封与拙斋的六十首《白山纪咏》为题材，一气呵成专题纪咏《纪辽东》六十首。繁荣《纪辽东》，以慰先贤，期启后世，已成现实。

（二）张文学创《玉甸凉》词体。《纪辽东》是整理古词，规范词谱所得。纯属吉林诗人自创词谱，近年有《玉甸凉》《一剪梅引》《海龙吟》。2007年，吉林省诗词学会副会长张文学先生草创《玉甸凉》，当时自度一曲，因词中有“玉甸生凉”，长春女诗人吴菲建议以《玉甸凉》名之。温瑞等整理了《玉甸凉》词谱，遂得一百九十四首《玉甸凉》作品。后来得知《新修康熙词谱》中有《玉簟凉》，音同意别格异，乃一趣也。

（三）赵光泽自度词，我帮其修改并制《一剪梅引》词谱，得佳作二百八十多首。2010年7月23日，我们与通化市诗词学会和辉南县诗词学会共同组织了“当代诗人咏辉南”采风创作活动。辉南县诗词学会会长赵光泽等自度一曲《辉发怀古》，在括号中标明：“自度，无名，请养根斋斧正赐谱为盼。”初稿共十句，一百零四字。我当时正在图们市参加“图们江文化研讨会”，起早试改并制谱。这个谱十分好记，就是将《一剪梅》在七字句前加一相对的七言律句，并作为一片。再重复一片，即为全词。叠韵处，可以不用叠韵，而选用“红了樱桃，绿了芭蕉”式的对偶韵句。但韵脚过密会给创作增加难度。第一个四字句不押韵亦可，如“燕子回时，独上西楼”。通过网上讨论，温瑞整理了六式词谱，迅即掀起创作热潮，辉南采风期间，创作三百多首《一剪梅引》，《当代诗人咏辉南》一书中选编二百二十多首。2010年，在侯振和先生建议下，又收到《一剪梅引》近百首，《图们江放歌》一书中选编六十六首。这两部诗集所收三百首《一剪梅引》，多为精品。

（四）我创《海龙吟》词谱，出版专辑。2012年夏日，为商定梅河口采风暨中华诗词论坛成立十周年事，我三下梅河口。市政协及市诗词学会遵市委领导同志意见，高度重视，精心设计，诸多要项、细节，日渐清晰。王志明兄提示，江源采风，《纪辽东》兴；辉南与图们采风，《一剪梅引》新牌创立得获颇丰。梅河口采风，亦应有所标记。李延平录白万金考乾隆诗《海兰河屯有序》予拙斋，得知“海兰霍吞”即“海兰河屯”。此地多生榆树，故民间称为榆城。遂认同“海龙”当为“海兰”之异写。读罢取其题与序中“海”字、诗文中“龙”字，亦恰合梅河口市旧名海龙县，又近词牌《水龙吟》，故作《海龙吟》，双调小令，四十二字，四仄韵，上下片六言句，宜用对仗。结，五字句，宜去声一字领，上一下四。

主要句式，从《水龙吟》中析出，求其简便。有了词谱，我先抛砖，率作二十六首《海龙吟》。梅河口采风期间，共收到《海龙吟》一千五百多首，选编一千二百三十四首，在吉林人民出版社出版了《海龙吟》专辑。

长白山文化是古老的，长白山诗词的传承是全新的。我们比较注意防止对长白山文化、长白山诗词的误解与误导。针对“东陲无文”“长白山没有文化”之类的片面认识，多做一些说明和介绍。特别是利用我们在考古田野调查中的新发现，深化对东北史和长白山区开发史、长白山诗词发展史的研究。

2014年10月20日8时31分，我在抚松发现枫林遗址和长白山手斧。手斧是打制的，是旧石器概念。据吉林大学教授、中国考古学会旧石器专业委员会副主任陈全家先生鉴定，长白山手斧距今约五万年，石斧是磨制的，是新石器概念。手斧是人类第一次懂得对称美、掌握对称艺术制成的生产劳动工具。2015年7月7日下午4时29分，我在抚松漫江发现长白山石磬，后经专家鉴定，将其定名为“长白山石磬1号”，一磬双音，小三度，应是新石器时代的打击乐器。原始人的诗性思维，与长白山人的诗意创造，在一开始就浑然一体！因而，诗意长白，是长白山人伟大的历史创举和不朽杰作。长白山手斧与长白山石磬，本身就是绝妙的史前诗。

我们今天所用“长白山诗派”这个概念，有其特定的含义。长白山雄伟壮丽的自然景观，是诗词创作的不竭源泉；深厚的历史文化底蕴，是诗词创作的牢固根基；反映长白山文化建设的成果，是诗词创作的重要题材；保护长白山生态、发展长白山文化产业的需求，是诗词创作的持久动力。这些方面，是对长白山诗派的直观诠释和诗意表达。

近些年来，我们在长白县发现战国时赵国的积坛，连同此前曾在长白县八道沟发现赵国蔺相如的青铜戈，考证在集安阳岔发现的赵国阳安君李跻的青铜短剑，在集安的良民发现公元247年东川王所筑高句丽的第一个平壤城，考证辽源龙首山城一带是扶余的后期王城，燕秦汉长城到了吉林境内，《史记》中的“筑障塞”，《汉书》中的“起营塞”，通化平岗山祭坛和敦化官地岗子遗址、岗子类型的全新发现，为寻找燕赵文化东进、汉代郡县和史书中的挹娄、靺鞨白山部及渤海国东牟山，开拓了全新的视野。考古田野调查为长白山文化研究和长白山诗词创作，提出了很多新课题。围绕这些新发现，诗人写了很多诗词，经常在《长白山诗词》上发专栏，在“关东诗阵文库”中建专题。通过诗词创作，积累以诗证史的资料，进而认清这些新发现和新研究成果的重大历史文化价值，这对于正确揭示长白山地区的开发史、提升东北文化软实力，具有重要意义。

所谓长白山诗词，是指描写长白山景物与风土人情的旧体诗词。古今中外，有关长白山的诗词是大量的。长白山诗派的成果，是诗意长白的创作载体和诗化结晶。

长白山诗词流派是历史形成的。从唐宋到辽金，从元明到清，特别是有清一代，长白山诗词十分丰富。纳兰性德，祖籍四平叶赫，其词被称为“北宋以来，一人而已”。著有《东海渔歌》的清代女词家顾春，祖籍汪清，其祖父鄂昌是雍正朝权臣大学士鄂尔太之侄，词名远播。二人被誉“男有成容若，女有太清春”，这二人堪称长白山诗词流派的重要代表。《白山诗介》是乾隆、嘉庆年间由铁保编纂的诗集，共十卷。清代，八旗文人把诗词作品辑成总集，均在题目上冠以“白山”二字。除《白山诗介》外，还有三部：雍正年间由伊福纳编纂的《白山诗钞》，四十余卷；乾隆初由卓其图编纂的《白山诗存》（卷数未清）；光绪、宣统之际，由杨钟羲编纂的《白山词介》五卷。这些汇辑满族诗人的诗词集，均用“白山”来冠名，已经被称为“白山文学流派”。还有《白山诗草》，程渲著。还有《长白山诗》，作者均为满洲已故之人。铁保编著《熙朝雅颂集》的前半部，全是白山诗选。《大东景运集》亦为铁保所辑，收近二百家满族诗人作品，分立小传，标明诗之源流。还有流放宁古塔的清代流人诗，多有佳作、力作。惜目前所见对于清诗流派的研究专著，无涉长白诗派。对于当代长白山诗词，有的研究专著也未置一词，不免遗憾。

长白山诗派，是从历史上白山文学流派中析出之一支。长白山诗词作品的风格，向以“拙、重、大”为标志。王寂在金朝鼎盛时期，以诗词考得进士，以文章政事显称于世。其诗诸如“按辔澄清须我辈，据鞍矍铄奈吾身”，不掩舍我其谁之志；“只凭忠信行蛮貊，岂有文章动鬼神”，毫无委曲求全之音。其诗文清刻镵露，博大疏放，是金代“国朝文派”的代表性人物，其特征是具有“质朴贞刚”的文化气质。此论堪称定评。这一“质朴贞刚”的文化气质，到有清一代，大家林立。吴兆骞的“长白雄东北，嵯峨俯塞州”，“白雪横千嶂，青天泻二流”，沈承瑞的“龙形蟠大野，云气撼沧溟”，“混同天一色，长白雪千堆”，“吉林三杰”翘楚成多禄的“断垒十重摇树色，大江三面走秋声。老来别有兴亡感，不向西风诉不平”均堪称代表作。这类作品，铿锵有力，远胜咿呀软语。今人张文学的“纵使八千岁，也入大荒东”“乔岳巍巍何太白，披甲傲苍穹”“湛湛天池清虚砚，愿将吾、砚尽俱成墨。大写意，忘情泼”，毫无酸腐气，脍炙人口。他的《水调歌头》《金缕曲》，皆以豪放著称，首首俱佳，几乎成品牌。古往今来的一大批诗人、一大批作品，均可列出一大批佳作。加之状写长白山土产、风情、史典、田园的诗、词、曲，乾隆以降，代不乏人，迄今可举黄龙府刘庆霖、东辽温瑞、边台聂德祥以及丸都、梅津、柳河、大东、公主岭乃至辽海、黑水等诸家例证。

不难看出，从金代的“国朝文派”到清代的“白山学派”，逻至今之长白山诗派，一脉相承。长白山诗派，是从历史上的“国朝文派”“白山学派”延续而来的，还将继续发展，不断壮大、完善。

对于长白山诗派，近年来陆续有一些研究论文发表：

蒋力华：《研究长白山文化　弘扬长白山精神》，《社会科学战线》1994年第6期。

张福有：《诗吟长白二千年》，《学问》2001年第1期。

张福有：《长白山诗词探源》，《学问》2001年第6期。

张福有：《试论长白山诗词及其流派》，《学问·东北史地》2004年第11期。

张福有：《长白山文化述要》，《长白学刊》2007年第5期。

赵丽萍：《解读长白山文化的恢宏卷帙——关于〈百年苦旅〉话题》，2012年5月10日《吉林日报》；《韵补东荒》，吉林文史出版社，2018年3月出版。

李容艳：《长白山诗词流派的重要使命》，2012年8月16日《吉林日报》。

王景珍：《日益壮大的长白山诗词流派》，2012年9月13日《吉林日报》。

张英玉：《试谈〈纪辽东〉对长白山诗歌流派的传承意义》，2012年11月1日，《吉林省第七次长白山文化研讨会论文集》。

贾维姝：《从长白山诗词流派看长白山文化的包容性》，2012年11月1日，《吉林省第七次长白山文化研讨会论文集》。

赵凌坤：《长白山诗词流派对长白山文化的历史贡献》，2012年11月1日，《吉林省第七次长白山文化研讨会论文集》。

王丽珠：《长白山文化的核心价值》，2012年11月8日《吉林日报》。

沈鹏云：《长白山诗词：长白山文化的精粹》，2012年12月13日《吉林日报》。

张福有：《长白山诗词流派建设刍议》，《中华诗词》2014年第7期。

黄春华：《长白山诗词述论》，《社会科学战线》2015年第6期；《韵补东荒》，吉林文史出版社，2018年3月出版。

这套“长白山诗派丛书”，先由吉林省长白山文化研究会申请了“吉林省扶持优秀文艺作品专项资金”。这是贯彻落实《长白山文化建设规划纲要》和中共吉林省委长白山文化建设工作会议精神的一项实际措施。编辑出版“长白山诗派丛书”，旨在落实习近平新时代中国特色社会主义思想，加强长白山诗词流派建设，传承长白山文化，以诗词的形式弘扬长白山精神，巩固改革开放和文化建设的成果，增强文化自信，增强长白山文化与长白山诗词的生命力、影响力和感染力，以诗纪事，以诗化人，以诗证史，增加学术储备，提升国家和东北边疆软实力。

“长白山诗派丛书”的基本选题，主要围绕：史迹寻踪，关于写东北历史文化、历史事件、文物古迹、已故人物、英烈事迹等作品；情系山河，关于写东北山水、自然风光、冰雪雾凇等作品，酌收向海鹤、东北虎等自然物产作品；城乡焕彩，关于写东北城市建设、工商事业、新兴产业、农村建设、田园风光等作品；风土弥淳，关于东北风土民情、风俗习惯、民间文化等作品。包括松花石、梅花鹿等咏物作品，酌收日常生活、咏物作品；吟旅扬旌，关于长白山文化建设、关东诗阵、诗事活动、诗乡创建、诗友酬唱等作品。

“长白山诗派丛书”的体量，每本收录作品五百至一千五百首不等，视不同作者情况，可上下浮动。数量服从内容的质量。

在编排上，予以灵活处理，由作者自定。可以分类、分词牌等，也可以按时间顺序，亦可分类后仍以时间为序。丛书有总序、总跋，亦可有个序、后记。

在数量上和入选人员上，开始考虑按长白山天池、松花江、鸭绿江、图们江及牡丹江、浑江、东辽河、嫩江等为脉络，列出各水系的三百位诗人。每人一卷，计三百卷。这样做，诗派如流，形象直观。但因进度不一，难以操作。后来，协助时代文艺出版社向中共吉林省委宣传部申报了文化产业专项基金，2018年先出三十卷，以后视情况续出，争取出版一百卷。

编辑、出版“长白山诗派丛书”，前无古人，纯属开创先河。2018年3月15日，我们在吉林省政协同馨宾馆召开了在长会长（扩大）会议，决定正式启动“长白山诗派丛书”编辑工作，成立了编委会，仅在二十天中，就交齐第一批书稿。全部书稿，在6月底前交完，2019年出书。

2017年1月6日，习近平总书记在十八届中央纪委第七次全会上的重要讲话中指出，“依靠文化自信坚定理想信念”，“以文化自信支撑政治定力”。文化自信是文化定力和支撑力的基础。人生和社会，都不能以搞笑为支撑。宋人张耒写过：“支撑诽笑中，久乃化而靡。”至今读来，仍发人深省。文化支撑力是生命的灵魂。我国优秀的传统文化，培育和造就了历代知识分子自强不息的支撑力精神。唐诗中有牛僧孺的“地祇愁垫压，鳌足困支撑”诗句，宋词中有姚勉的“信天生英杰，正为国计；擎天著柱，要自支撑”的词句，元曲中有汪元亨的“梅出脱林逋，菊支撑陶令，鱼成就严陵”的曲句。这种支撑力精神，给我们以极大的鞭策。拙句中有“奥壤不咸名大东，支撑引领构时空”等。蒋力华君亦有“白发山中飘雪，崎岖健足支撑”的词句。时代虽不同，但这种崇尚自重自强、自力自撑的人文精神，是一脉相承的。诗意长白、诗梦长白、诗魂长白的支撑力精神，是一以贯之的。这是真正的洪荒之力！

长白山诗派所面对的，是长白山诗词的昨天、今天和明天。长白山诗派的昨天，应是刘建封所咏：“走过大荒三百里，居然此处有桃源。”长白山诗派的今天，许是拙斋所咏：“浪花不废难淘尽，始信东陲有奥文。”长白山诗派的明天，或是沈兆禔所咏：“莫谓鸡林少竹枝，才人塞上补新词。”

墨西哥人马里奥·谢赫楠有名言：“我们终于有机会面对神秘的过去，仿佛是进入梦一样的境界，一片需要我们去发掘、诠释、赞美和加以保护的活化石。”阿根廷女诗人阿方斯娜·斯托尔妮有名言：“我感到，陌生人，在你的存在里，我被延长。”叙利亚诗人阿多尼斯有名言：

“没有诗的未来是不值得期待的。”从这些来自域外的警言中，我们可获启迪。

今年是公元2018年。从今回溯两千年，是公元18年。《长白山诗词选》中第一位有确切作者名字的诗人是高句丽第二代王琉璃明王类利。他于公元18年辞世，至今正好两千年。类利所作《黄鸟歌》：“翩翩黄鸟，雌雄相依。念我之独，谁其与归。”完全是《诗经》风格的四言诗。这首诗，写于公元前17年，距今已二千零三十五年了。《黄鸟歌》能传下来，堪称奇迹！公元245年，亲征高句丽第十一代王东川王的三国魏将毌丘俭，班师后只写了两句诗《之辽东》：“忧责重山岳，谁能为我檐？”这里的“檐”，是“擔”即“担”。距今一千七百七十三年。收录本丛书的拙卷，约一千五百首诗词中，有四十六首含“忧责”一词，出现频率极高，不少诗友也都随我用过“忧责”一词。概因“忧责”一词被毌丘俭用过后，《后汉书》《晋书》等不时出现，这个古老的词汇并未消亡，表示“沉重的担子和责任”的“忧责”，已经成为长白山诗派中的一个标志性词汇，有其特殊意义。一千四百零六年前，隋炀帝作《纪辽东》，写道：“轻歌凯捷丸都水，归宴洛阳宫。”一千三百七十三年前，唐太宗李世民作《辽城望月》，写道：“驻跸俯丸都，停观妖氛灭。”丸都，是我的故乡。读着写故乡的古典诗词，怎能不动情？从今回溯一千二百五十六年前的公元762年，是诗仙李白辞世之年。李白的《高句丽》《送王孝廉觐省》，成为长白山诗词中的瑰宝。苏东坡的“人参”，陆游的“鸭绿江”，张元幹的“山拥鸡林，江澄鸭绿”，距今均在八九百年之间。从今回溯一千年，是公元1018年。当年，柳永三十八岁。他在《点绛唇·伤感》中写道：“辽鹤归来，故乡多少伤心地。”“辽鹤”，是长白山诗词中的著名典故。至今读来，倍感亲切。故乡情结，古今一也。陆游在诗中所写：“生计且支撑，小康何敢望？”如今，在习近平新时代中国特色社会主义思想指引下，全国全面决胜小康，胜利在即，我们怎能不心潮澎湃！

两千年啊，多么漫长！

两千年啊，又是多么短暂！

在类利、毌丘俭、隋炀帝、唐太宗、李白、柳永、苏东坡、陆游、张元幹、王寂、赵秉文、朱元璋、康熙、乾隆、吴兆骞、吴大澂等诸多先贤的眼里，我辈皆属陌生人。可是，对他们和他们的杰作，我们却并不陌生。所以，今天的诗词，有很多是留给我们的陌生人的。“一百卷前无处找，二千年后有人搜。”“忧责不期当世解，祸患为免后人罹。”对此，我坚信不疑。

文化自信，是一个国家和民族的“魂”与“根”。学诗、写诗，有助于把魂定稳、把根留住。昨天是神秘的。今天是需要很好把握的。明天是值得期待的。愿我们在不懈努力的拼搏奋斗中，使我们所创作的诗词如同长白山的山水林田、沙石草木一样，一起留给未来、留给陌生人。让我们共同期待吧！

“长白山诗派丛书”总序赘语

鸡林得韵纪春秋，底事山翁退不休。
一百卷前无处找，二千年后有人搜。
钻研词谱承杨广，细辨江声禀陆游。
诗境涵生长白梦，草根也为子孙留。

張福有

2018年5月17日于长春养根斋

自　　序

说起和长白山的接触，是从2008年9月5日开始的。

那时我初涉网络诗词创作不久，有幸加入到一个名家荟萃、交流气氛浓郁、充满活力的论坛——中华诗词论坛·关东诗阵。并在父亲病重期间，随同吉林省诗词学会去长白山池南区采风。之后又和诗友们在2011年夏季和2015年冬季去拜谒她。但对长白山人文历史、文化渊源的了解，是从吉林省委宣传部原副部长、吉林省长白山文化研究会会长张福有先生的大力宣传推介中，从他的诗词曲赋里逐步加深并产生浓厚情感的。

没认识了解这座山前，那就是火山灰堆积的寸草不生、狰狞石崖围就的一池寒水。走近她和她有了心灵的对话后，就逐渐被她厚重雄浑博大精深的历史文化、钟灵毓秀壮美莽苍的神奇景观以及多样瑰丽的风情所折服。更敬佩和感恩先贤今哲苦旅跋涉的精神和著述立说留下的宝贵文献。为此，我陆续为这座神圣大山衍生的文化现象风土人物，吟咏了近两千首诗词——这也是我八十二岁的父亲生命弥留之际的叮嘱：“好好写吧！又吃又住的别辜负了人家！”父亲的话说的实在明了。是啊，长白山哺育了勤劳善良智慧的关东儿女，儿女们能不结草衔环以报万一呢？我的第一首写长白山的七律《山之盟》，就是伏在父亲的病床上完成的。父亲的话，也是后来关东诗阵每次采风出版主题诗集，我都努力创作的动力之一。《李容艳诗词选》是我精心挑选近十年来以歌美好、耽忧责、颂初心为创作取向，以抒发边地家园情怀为主的诗、词、联六百多首(副)，入编“长白山诗派丛书”，既是我对长白山的深情告白，也是对长白山文化之旅的阶段性总结，更是十年后的一个新起点。在弘扬长白山文化的精粹——长白山诗词的队列中，我和诗友们的步伐依旧铿锵坚定；在浩荡的长白山诗词流派大潮中，我们的吟声依然是欢腾的浪花。

李容艳

2018年5月11日

目　录

卷二　律诗

卷三　词

卷四　楹联

卷一　绝句

通化归来过驮道岭

梅乞玉皇阁，心驰驮道风。
焚情千尺雪，轻叠一笺中。

南照山寻古亭

青黛横眉近，缺蟾挎露沉。
倚松前路问，指处白云深。

与胡玫、赵凌坤诗姐南照山下夜饮

香肩花影逗，浅唱月弦弯。
松鼠惊杯溢，羞嗔雾湿鬟。

翟志国先生获奖归来致贺[①]

似隔疏林听古钟，魁奇吟骨并云松。
青峦峭拔浑如笋，自向丛中夺一峰。

长白山野外温泉浴

岩浆纵役身，霜睫挑天真。
共与雪花浴，同松唤美人。

冬日长白山天池

冰縠封天镜，悬峰四合严。
若非春试手，哪得启妆奁。

夜宿一山一蓝酒店

有山横作枕，入梦水洇蓝。
鸟语晨窗启，啾唇相与谈。

饮长白山花茶

鹿衔百花草，入碗渍琼浆。
一饮相思水，浣窗明月光。

冬望长白山

雪壁连崖豁作门，银毡铺径挂云根。
倚松跋涉方前往，惊海东青先掠痕。

长白山泰安寺

清凉界里住灵神，宝殿连云远世尘。
摩顶松枝青岁岁，檀烟钟呗袅黄昏。

雨中谒高志航将军雕像

拔姿奇崛白云间，知是飞鹰天外还。
裹雨携风深一礼，松涛阵阵涌苍山。

五女峰溪水二首

一

美人春睡雾中藏，一任泠泠沁梦凉。
且待君来方复醒，与潺湲处坐流觞。

二

纵掩丰仪难掩情，叮咚心曲诉分明。
坐聊草木幽深处，石本无言也作声。

取《长白山池南撷韵》路上拾句三首

一

桃红喜向颊边盈，鹿撞心头一抹晴。
未抱春风先抱卷，扑怀更暖大荒情。

二

风中捉句雨中残，揉皱云心梦亦寒。
今有微吟存浩帙，裁春燕戏柳曼曼。

三

振袂如生两翼风，云笺翻落小窗东。
谁人共我清宵坐，一任霞光透卷红。

梅河口古迹六首

一、东北局梅河口会议遗址前留影题照

背景无须衬花草，红墙凭倚焕精神。

那声拍案犹在耳，喝退阴霾留住春。

二、庆云村女真摩崖石刻

半截山凭谁运斤，斫平壁錾女真文。
烟痕历历嘶兵马，化尽劫灰腾庆云。

三、方家街古城遗址

漠漠尘埃湮古城，瓦当铁镞证分明。
回眸村舍连阡陌，一片稻花蛙鼓鸣。

四、杏岭古生物化石之鱼图

前身笃信共沧池，今赴三生石上期。
净水一杯能摆尾，并游清浅动涟漪。

五、九龙口塔基遗址

不闻风铎诉檐前，颓迹盘桓慨逝川。
欲探遗朝多少事，九龙口里吐苍烟。

六、辉发河上游石棚墓群

听涛枕浪宿高岗，遗梦春秋例有殇。
陶纺轮闲谁手侧[①]？枯蓬一岁一层霜。

【注释】

①陶纺轮：是石棚墓主人的陪葬品。

农安拾句三首

一、诗乡寄望

播春巴吉垒横锄，布谷扬花逗鹧鸪。
乡路纵然驰宝马，吟鞭还甩小毛驴。

二、筐箩湖情思

相思几许费疑猜，偌大筐箩盛不来。
欲探湖边白云岸，芦花翻雪过头埋。

三、黄龙府归来中秋节悼岳飞

如水月华杯酒斟，一亭风雨骤来侵。
精忠项脊千秋缅，酹罢满江红放吟。

农安辽塔留吟四首

一、向往

辽时明月又笼烟，断续声中听晚蝉。
待我扬歌追雁阵，塔铃清脆破风悬。

二、伫思

兀立千秋古意浓，风霜不改自从容。
灰衫一袭红霞衬，塔影恰和身影重。

三、生叹

血洇霸业转成空，无语铎铃垂晚风。
试看驰云谁腕底，敲枰塔下几闲翁。

四、回望

苍茫欲合黄龙府，犹透天光灌顶如。
风物有情怡倦眼，斜阳岁岁绕浮屠。

题刘佩珩年画《牛年大吉》

冉冉天东透紫光，鞭梢甩起垄烟长。
虎头娃子忒淘气，哞的一声先抖缰。

题高静年画《抓子》

叽喳围坐两三妞，驴马相形轮把搂。
欢乐高抛回忆里，麻花小辫甩过头。

题刘佩珩年画《长白珍奇》

山养参王无比俦，灵芝作伞举悠悠。
千家送宝谁为使？胖小子穿红肚兜。

题刘佩珩年画《北国冬趣》

冰窟砸开跳鲤鱼，金童争抱喘嘘嘘。
窜高更跃东墙上，拍掌连年报有余。

鱼乐源之百米文化长廊

丹柱擎檐月，精芒透石根。
千秋风雅颂，翠墨渍霜痕。

鱼乐源之山

阆风拔腰岭，籍石入仙围。
迤逦排青闼，层层叠翠微。

鱼乐源之水

谁坼银河罅，听崖跳玉珠。
客来须仔细，碧色半襟濡。

鱼乐源之鱼

清浅皴凉縠，效灵推九符。
我知鱼乐趣，示演上河图。

鱼乐源之石

姿仪千百态，殊色薄岚纱。
一顾三生念，终教石发芽。

鱼乐源之乐

芳郊开野宴，花草佐清香。
弄影风摇柳，溢杯明月光。

长白山养生谷十一首

一、天然氧吧

长白山门户，洞开惊客呼。
岚光调水色，泼眼绿模糊。

二、百草园

芝畹绿云堆锦丛，余身祈做一枝红。
无关颜色耽芳约，二十四番花信风。

三、森林木屋

湖风山月解衣宽，漫枕松香花影攒。
紫燕叽喳猜绮梦，岚窗啄破问晨安。

四、月亮门

玉扉凝立按云低，药杵听交月窟齐。
桑梓笼霞招紫袖，拾霜屧下广寒梯。

五、茶艺游船

鱼追鹤戏蓼花篷，烟岸画屏伤晚风。
八百秦淮河旧梦，碧螺香篆幻朦胧 。

六、欧式古堡

高梁大柱异风来，穹顶壁炉银烛台。
尘足水晶鞋未着，皇门只手轧然开。

七、植物长廊

橙红瓜挤嫩青瓠，金露盛来誉载途。
仔细藤花牵客袂，当头串串宝葫芦。

八、天桥

亘古鸿蒙一诺真，双峰仰首做媒人。

传闻牵手天桥渡，百合花开月满轮。

九、雨霁

滴翠啁啾溅碧泉，烟畦百合竞娟娟。
宜将妙手挥寥廓，虹彩双飞许扣弦。

十、振国药业展馆

移来苏橘井，拈叶掬仙浆。
无患苍生愿，纷纷揖药王。

十一、振国药业雁阵榜

襟霜嘹呖起，金翅烫红天。
盘锦书方正，情生百草边。

庚寅题怀德问心碑三首

一

紫陌多歧路，心碑立坐标。
无私天地阔，驱策向迢遥。

二

怀德有碑青，千秋方正铭。
心头横杆秤，把准定盘星。

三

宦海心碑正，任凭风雨斜。
茫茫东逝水，千古浪淘沙。

张福有先生“寻访额赫讷殷”四首

一、酹酒壮行

蜿蜒古道谲云浓，三百余年绝继踪。
断喝一声我来也，轰然回响几重峰。

二、涉险前行

萧瑟风中山水横，淖淤犬阻困榛荆。
疑无路遇村民指，杖曳秋岚又一程。

三、相伴歌行

露抟林草滚珠圆，迢递心声空谷旋。
山外斜阳驮雁翅，一行霜浸菊花笺。

四、凯捷苦旅

不咸雾紫掩幽昏，一角掀开曙色喷。
城废垣颓留石证，争敲韵漱白云根。

白城行四首

一

夜半沙沙细雨霏，晨光撩翠湿春衣。
行囊千里空背起，待蓄花香乘月归。

二

轮飞草浅莽苍苍，相议每夸狼最狂。
云抹天低风在掣，驰怀大漠信无疆。

三

迢迢不悔扑花期，村郭何须问酒旗。
一路翻江淘五腑，为留紫梦抚心痴。

四

日落金樽饮不推，拼将一醉鹤乡偎。
帘幽还弄婆娑影，可是花魂抱月陪?

游龙湾遇雨四首

一

身避朱廊幸未浇，犹嗔衣薄裹苗条。
湿人岚雾休关雨，教与花枝秀柳腰。

二

阴晴未卜莫绸缪，当谢天公雅意酬。
飘洒柔丝添缱绻，龙湾无雨不成游。

三

龙岗鲜绿醉痴痴，欲唱心歌却忘词。
雨脚声声催韵脚，急将柳线捻成诗。

四

人老为因先老情，龙湾保湿润年轻。
睟颜还赖诗心养，得沐天霖更水灵。

江密峰采风四首

一

廉纤夜雨霁秋朝，得助天缘诗履骄。
息尽尘嚣行处望，折光七彩架虹桥。

二

当年客饮摆茶台，七碗风生腋下回。
今我芳襟凭抖擞，吟笺一展卷云来。

三

鸡林傲峙大荒东，唱破浑茫多劲雄。

举砚寒峰文发脉，三江浪涌墨花中。

四

蝶戏轻靴村路平，秋山渐瘦为谁横。
“从前”开讲都知道，望马沟传跑马声。

集安佳信机械制造公司印象

立身厚土诺如山，仗剑趟平百叠关。
亘代鸭江春讯急，近流驰誉水云间。

康美新开河药业人二首

一

捣臼听心曲，泛香康美村。
新开河雪浪，汩汩漱云根。

二

大荒神草舞娉婷，摇露叮咚入宝瓶。
谁起婆娑彩云里，杨枝盈手拂青青。

敦化寒葱岭抗联秘营遗址

春到寒葱岭，风吟铁血人。
映山红遍野，轻折一枝珍。

金斗乡诗词驿站

昔时无主怅梅花，更著黄昏风雨斜。
今掬诗香劳倦旅，一钩弯月近天涯。

稻田观光栈道

青云踏过踏黄云，傲岸临风自不群。
熙攘不争红地毯，铺金乡路客纷纷。

河里抗日展馆采摘园

馆内狼烟透骨寒，园中花果硕如丹。
掂量手里尝还未，滋味心头甜又酸。

满族撕纸

指尖窸窣转眸迟，惊看偷天魔术师。
绛雪纷飞飘落后，登梅喜鹊闹春枝，

砬缝村八叉沟诗词小巷

岩壁开缘韶律吹，地名人号合称奇[1]。
轻分柳线深呼吸，呶嘴跟莺对对词。

【注释】

①人号：唐朝诗人温庭筠时称“温八叉”。因“每入试，押官韵，八叉手而成八韵”得其雅号。

朝鲜族民俗院

一、印象

廊宽屋矮炕常温，铮亮灶台锅碗盆。
家主殷勤犹好客，酒坛一溜靠墙根。

二、观摩

家什剥磨经岁淘，犹能舂米打年糕。
秋千架上铜铃脆，绽朵裙花系彩绦。

三、试装

似曾相识唤金珠，曳地绸裙短绮襦。
含笑回眸深一揖，汉家女住古丸都。

将军印广场深秋见红枫叶[①]

枝头烨烨火般彤，飘落犹温大地胸。
遍野鲜红风不扫，将军铜印叠重重。

【注释】

①将军：指杨靖宇(1905—1940)，著名抗日英雄。杨靖宇铜印在通化县河里抗日根据地出土，现存北京军事博物馆。

通化县古遗址杂咏三十韵

一、江口遗址

依旧涛声在耳中，向阳坡上眺村东。
石头网坠俯皆拾，今古渔歌唱可同?

二、于家沟遗址

南岗迤逦若游龙，江浪惯听舂石淙。
坠饰桃形浑似玉，瓦陶堆里俏姿容。

三、龙岗遗址

斜刃正锋寒彻江，纷纷老木望风降。
石斤硕重惊还赞，镇守龙岗无匹双。

四、江沿前岗遗址

隔江都岭伫望时，阶地连绵落日迟。
青色花岗叠青简，春秋故事路人知。

五、小龙头山遗址

龙脖昂昂察细微，相连三址各生辉。
南岗坡上离离草，匝地不教前梦非。

六、沿江遗址

渔耕不见坠和锄，逝水安多漏网鱼？
陶豆形残如喇叭，长号能补世间书。

七、土珠子遗址

地灵抟土也成珠，临水依山卧翠芜。
石镐石矛谁砥砺，相承一脉耀丸都。

八、光华十队遗址

盆地丰饶膏作泥，悠悠哈水话重题。
天光拭剑寒霾去，荒野石开春一犁。

九、东台子遗址

岩体花岗叠老台，残陶多质列排排。

雕磨石凿开云隙，秘密昭然枉费猜。

十、金珠遗址[1]

浩浩春风一路追，欲青靴镐独徘回。
多情最是古陶片，化作芳泥岁岁陪。

【注释】

①此遗址出土一靴形石镐，未见陶片。

十一、西岗遗址

金斗难盛富庶身，西岗探拾物尤珍。
两江滚滚天边去，犹抱清吟陟岭峋。

十二、小都岭石范遗址

红星赧朗乃诗闻，石范熔金混沌分。
有斧披榛镜明鉴，方圆计较必斤斤。

十三、任家街窖藏遗址

金窖深藏谁启元，任家街土掘成墩。
铁铧不废扶膏雨，垄上春光笑与论。

十四、富江遗址

书声鸟语漫山峦，通宝五铢知发端。
依稀似见当年景，富尔江边商贾攒。

十五、下排遗址

刀矛马蹬绣成斑，但许铁镰弯出关。
望里白山连黑土，金风漫漫意闲闲。

十六、白石砬子遗址

辽金时也米粮川，家什般般多古钱。
最喜双龙纹镜美，卷云一朵落台前。

十七、河口窖藏遗址

蝲蛄河水历朝朝，币镞窖藏风未雕。
但喜狼烟稍息处，苍黎得以享天辽。

十八、建设山城遗址

古时兵隘废荒郊，尚有清泉溢石坳。
落叶无心笺史册，有情诗笔就灯抄。

十九、石湖关隘遗址

葳蕤草木伴林涛，风过声声耳畔高。
关隘登临凭一望，斯怀疯长比青蒿。

二十、英戈布后山遗址

后山南傍四平河，古址东西连漫坡。
渔猎农耕物撩眼，前尘拂去看星罗。

二十一、英戈布窑上遗址①

芳邻伶俐小蛮丫，窸窣玉环磨翠砂。
闲看燕儿衔草垒，太阳落下自回家。

【注释】

①此遗址反映的是定居生活，由出土的一枚玉环想到的。

二十二、金斗后山遗址

蝲蛄河畔数荧光，点点如星不改常。
石扣拈起惊岁月，牵衣系带水云乡。

二十三、黎明北山遗址

冲积平原阶地横，烽台月下也分明。
陶轮纺线带风转，耳畔嗡嗡犹自鸣。

二十四、小南沟遗址

沟壕山顶迹留形，北望隔河眸若星。
句丽城中多少事，风过林杪用心听。

二十五、黎明南山遗址

深壑高崖势峻嶒，当年遥想也心澄，
不燃烽火燃炊火，几缕村烟系玉绳。

二十六、黎明东山遗址

多彩卵形河石头，精磨网坠作何求？
往来浪里问鱼汛，一领蓑衣扎飕飕。

二十七、英戈布障塞遗址

借山起势讶寒岑，壁错犬牙磨到今。
半截残垣迎北站，森森灌木伴清吟。

二十八、砬缝石棚墓遗址

心随雁阵向东南，云朵飘飘砬缝谙。

卧石板前轻叩问，黄花瑟瑟不禁堪。

二十九、西江原始社会墓地遗址

石珠串绿响渐渐，许是芳魂来顾瞻。
物什多耶成一叹，惟留绮梦月边铃。

三十、二密台遗址

白云峰上动吟帆，直绿老边千丈岩。
二密台前寄心愿，天东岁岁享其咸。

东丰古遗址杂咏三十韵

一、挂画地遗址

斑斓异彩夺神工，南北幅横田野风。
霞灿匀纹陶戳印，借来提款有灵通。

二、柳泉眼遗址

小溪红石绕淙淙，陶罐身藏柳荫浓。
汲水泉边成往事，惟留残片引新踪。

三、庙顶山遗址

鸱尾重云彩画幢，翘檐遥想讶高庞。
幽幽月色霜铺地，圆缺无寻挂旧桩。

四、鸡爪沟遗址

一处遗存分两期，辽金檐瓦最堪奇。
水波纹压成斜向，恰似风来拂雨丝。

五、西大岗遗址

山似屏风漫合围，烂柯神话逐烟飞。
拙粗石斧横尘上，故事新编叠翠微。

六、阎大坡遗址

春秋石制亚腰锄，挂缕斜阳垦野墟。
岭上寒葱谁种下，今人接踵采仙蔬。

七、叭哈砬子遗址

对峙双峰影不孤，更兼遍野布残壶。
多形陶耳多形制，似也能听风雨呼。

八、金星遗址

向阳坡地傍小溪，三面山环成马蹄。
陶罐陶壶口沿卷，形残更卧草萋萋。

九、烈士墓后山遗址

此地砂陶何所幸，能随忠骨一同埋。
殷殷色泽浑无改，岁岁白花开老槐。

十、北山遗址

牛圈沟多陶器耳，压纹戳点各成胎。
细听远古回声里，多少繁华散似灰。

十一、小猪圈沟遗址

丁纹直口敞圆唇，陶器制形奇又新。
高处一望疑惑去，原来此住石棺人。

十二、郑大坡遗址

石缝村升七彩纹，烧陶烟接日曛曛。
磨光内外看施釉，火候不均颜色分。

十三、西瓮沟遗址

一面山西榆树村，桥型器耳典型存。
黑灰陶属疑归汉，慢与溪流汩汩论。

十四、点将台遗址

似听清角晓天寒，猎猎风扶壮士冠。
偏是无戈多碗足，一团青雾罩山峦。

十五、牛皮号遗址

西侧漫岗东侧水，梅河怀抱入潺潺。
纺轮饼状圆还滑，似在手边从未闲。

十六、幸福院东山遗址

月色清幽影壁山，两期遗物共云烟。
汉时谁把手中镬，已向东山垦福田。

十七、熊腰顶山遗址

山高不愧唤熊腰，草覆阶台青雾飘。
地表零星陶片碎，未深掘已识丰饶。

十八、郭家街遗址

扇形一座小山包，遍野砂陶松鼠敲。
手制色兼红褐黑，相怜冷月上林梢。

十九、屯基遗址

雨后小河翻浪涛，南端遗物棹舟捞。
缸胎外釉欺湖绿，潋滟眸光醉古陶。

二十、大阳遗址

傍水依山连缓坡，底平口浅碗何多。
古今宜住生联想，哪缕香炊归牧歌。

二十一、徐家坟遗址

老徐家望老孙家，冶制刀环遗铁渣。
遥想当年星火溅，前山月上挂枝丫。

二十二、联盟城址山遗址

地呈簸箕漫西冈，石斧煌煌孤刃凉。
打制身形原浅绿，依稀犹带草丛香。

二十三、纸房沟遗址

东南一角陷深坑，古井泥淤野草生。
纹瓦陶瓷堆积厚，思源饮水奈何轻。

二十四、西大岗遗址

拱山维护作连屏，磨斧制陶多器形。

豆座筒残如喇叭，与无声处听曾经。

二十五、狍子圈遗址

缸残一片引眸凝，数道横条起凸棱。
酱色釉施兼内外，先民爱美此为凭。

二十六、大阳西山头遗址

梅河北岸近山丘，丰富遗存放眼收。
石磨盘残红紫色，单留一片证春秋。

二十七、安福遗址

铁花瓷碗月光沉，考定时期信属金。
年景丰饶蛙鼓鼓，稻香缕缕染衣襟。

二十八、东河古窑址

闻知瓦片地贪婪，堆积凭量逾尺三。
不拔西山丘在手，透天霞火有谁谙。

二十九、砖庙沟遗址

辽金此地叠重檐，纹瓦满坡勾滴添。
世事沧桑谁料得，昏鸦啼倦雨纤纤。

三十、五台山石棺墓

叮当响处凿青岩，四个皮囊石板缄。
纵借五台山作冢，未修佛骨岂超凡。

卷二　律诗

观长白山日出致长白山党校

一轮升冉冉，万众仰彤彤，
旗帜翻霞色，誓言轰晓钟。
淘沙大江水，争席美人松。
向学寻高处，跻攀十六峰。

步先贤王寂韵题集安小蓟

丸都多胜景，花草秀难同。
野蓟生悬石，芳心绝害虫。
春湔经夜雨，秋沐打头风。
寂寂老边地，端然护鉴翁。

五奎山祥云塔

云紫梅河口，传觞咏吉祥。
五奎升佛塔，九级豁天光。
普照家园永，灵关国运昌。
清风摇韵铎，的的入心长。

梅河龙泉寺

圣殿盔山仰，欲朝先沐薰。
梵歌穿耳过，烟篆被风分。
谜未佛前觉，泉犹石上闻。
凭心量世事，花雨坠缤纷。

集安麻线高句丽石碑

丸都形胜地，一脉系中原。
麻线河如诉，花冈石可言。
披身铭汉隶，昭世证流源。
不废天东矗，晴明满故园。

上元迎春逛灯市

分缕霞边锦，高悬日子红。
巷衢飘腊酒，笑语烫时风。
来去华光迴，团圆满月同。
吟怀何以畅，星汉泻玲珑。

谒林则徐纪念馆途中闻《寻访额赫讷殷》付梓赠著者

古今功绩雄，未许转头空。
榕杪匀些绿，霞边借片红。
销烟凭虎势，散雾趁山风。
大卷等身著，携云入列中。

十二仙媛中秋分韵得“尽”字

一叶落知秋，西风吹渐紧。
探篱傲菊花，委土耻蚯蚓。
星鬓许添新，诗心犹未泯。
玉盘今夕赊，溅露声难尽。

东丰“马记”鹿茸

长白山怀抱，皇家鹿苑钟。
众声扬马记，三岔砍头茸[①]。
挑起霞千缕，奔来人万踪。
骧腾风助势，长啸立云峰。

【注释】

①三岔砍头茸：是马兴泰先生独创的鹿茸炮制工艺。

太和甜瓜园

南照山风捧，深深嗅异香。
皮花饶兴趣，个大费掂量。
扣梦轻弹指，知情早拉瓢。
探奇寻叶底，蔓更比春长，

泰隆酒业品酒

闻香遥可至，瓶启漾心澜。
嗅媚佳人貌，饮斜绅士冠。
杯空犹不舍，情满自相端。
扶醉知何处，莲河倚画栏。

恩泉山庄水果采摘游

冠正累枝下，履提莛蔓旁。
摘瓜分叶绿，带刺顶花黄。
蜂检无公害，津生满口香。
恩泉笑声溅，不觉已倾筐。

乙未冬过长白山萨满原始部落

峭冷歇鸣禽，早行人啸林。
氤氲呵白气，蹀躞起清音。
怀旧风追远，探奇雪积深。
鼓铃催隐约，松雾接云岑。

乙未冬往长白山瀑布途中兼贺关东诗阵年会

淙淙听雪谷，泼泼闹春潮。
风聚烟霞客，律谐云水谣。
石身青藓裹，冰岸白虬雕。
晴蝃垂天际，大弦锵九韶。

山　之　盟①

最苦经年未了情，今朝得赴大荒盟。
云崖无语长身立，松桦有缘连理生。
凝玉仙池禅意动，隔尘芳野月华倾。
书天雁阵盘心曲，十六峰头韵自横。

【注释】

①2008年9月5日，吾第一次随关东诗阵赴长白山池南区采风，由此踏上了长白山文化之旅。

入诗阵一年感怀

去年今日雁初还，剥啄霜天岂肯闲。
羽色未添一分彩，枫红早漫五重山①。
缠烟春曲追云外，谐韵松涛空谷间。
嫁与长风勤试剪，衔来绿意驻心关。

【注释】

①五重山：指关东诗阵成立五周年。

省诗词学会授予集安诗词学会先进集体荣誉

率涌先河自集安，清歌浩荡撞春澜。
流觞争韵三江浪，排雁行云大秩刊。
星耀古城休逸梦，风摇边草促征鞍。
远方更有诗相伴，朗朗天光许正冠。

吉林省诗词学会成立三十周年

峻岑寒渚越经年，红杜鹃开雁翅前。
望路标伸云彩接，飞花令起鼓声传。
鸡林发韵先争晓，鸭水生纹早递笺。
松是美人招翠袖，襟风带雨聚群贤。

观土字牌感念吴公大澂[①]

雪瘦风高撩北疆，离离边草褪苍黄。
心萦土字牌前恨，目骋铁篱笆外凉。
斑驳雨痕留记忆，低回夕照挽流光。
叹公眷念天东事，犹遣雄魂扑地量。

【注释】

①土字牌：位于防川村中俄边界的起点处。于1886年中俄重勘珲春东部边界时重立。高1.44米，宽0.5米，厚0.22米，为花岗岩。正中竖刻有吴大澂书："土字牌"三字。其左竖刻："光绪十二年四月立"八个小字，俄方一面刻有俄文"T"，与俄方设立的界碑并列。

集安诗词学会成立九周年赴会途中口占

酥雨长街润，裙洇点点花。
欣颜开伞底，鲜翠炫枝丫。
濡笔心融暖，关情月发牙。
丸都河水近，联桨泛诗槎。

张福有先生丁酉年初四摄得集安圆虹

丸都涵大象，凝目众人同。
鸭水波潆绿，鸡声日晕红。
追春来雪客，归子抱乡风。

烨烨光圈里，飞花令鼓中。

高句丽肇兴之地随想四首

一

长白山门户[1]，悠悠故事多。
高句丽发脉，花曲柳连坡。
遗冢草丛酹，摇风叶子哦。
儿孙听月下，点亮老烟锅。

【注释】

①通化县有长白山门户之称

二

茂山怀抱敞，霜草向风欢。
挽辔亲膏土，临流解晓鞍。
稻香扬四野，桔梗佐三餐。
试箭山林响，声回万壑寒。

三

房矮苫茅草，檐宽避雨欺。
听蛙春早鼓，放野乐无支。
象帽舞经岁，酒葫芦忘机。
溪边谁顶水，笑答是金姬。

四

草木葱茏处，翩跹三足乌。
更生惟奥壤，丰稔索雄图。
金达莱凝血，虎湾风识途。
几倾城堞后，霸业指丸都。

通化县采风叠韵四首

一、印象通化县

大山门户敞，八面舞风稠。
油绿连天草，金黄遍野秋。
淡妆偏俊女，浓荫掩新楼。
曲腕珠轻捻，来生此地留。

二、意寄茂山顶

宽衽由风敞，茂山绿意稠。
登高随意趣，兴起不惟秋。
晨卷收望眼，云阶送上楼。
野花牵绊处，焉向小亭留。

三、情重夜无眠

静夜烟窗敞，当空织绪稠。
幕镶千颗钻，心湛一痕秋。

曲柳风弄影，喜来登月楼。
有星天际坠，拾起忆中留。

四、又生未了情

拈韵心扉敞，情凝比墨稠。
酒泉流汩汩，药杵捣秋秋。
漫掠云霞梦，轻跫谢朓楼。
天东鱼肚白，尺素寄还留？

读张福有、蒋力华先生长白山文化盛会组诗唱和有感①

欲醉鸡林韵，廿年置酒赊。领吭约春讯，颤板应铜琶。翥起三江浪，催开五色花。舫心怅忧责，奥壤挺松桦。风歇枝犹动，笺铺月可拿。渊源涓滴处，夜话几壶茶？闪烁星驰目，浑茫雾卷纱。青襟翻碧岫，大泽引兰槎。笏举峰峰阅，纹兴棹棹划。归鸿知意趣，势派报邦家。边草常摇曳，乡情更叠加。欣然双鬓雪，壮矣满肩霞。臂展天寥廓，路抻云远遐。且歌且行去，追梦此生涯。

【注释】

①张福有和蒋力华先生自20世纪90年代中期致力于长白山文化研究并努力践行，成绩斐然。二十多年来互相援手、并肩前进、不时倾情唱和，每发壮音。两位先生作为将长白山文化纳入全省工作决策的推动者，吟声尤其感人。以为记。

张福有先生长白山寻得旧石器时代手斧

一诺鸿蒙行复行，枫林石镂古今盟。
迭连冰火几番劫，崩断川崖未了情。
不忍山人穷跋涉，许传手斧斩榛荆。
老边新篆宣中外，听漫江吟兴替声。

叶剑波先生的《诗意大荒》读后

名片飞如六出花，新正递送万千家。
雪村银梦高松岭，木屋红灯暖树丫。
剪剪吟风年味渗，醄醄远客酒歌夸。
锦江浩渺烟涛里，争渡云边八月槎。

《中国长白山文化》出版致贺

一自訇然冲地火，不咸奇崛绕云烟。
笔排奥壤松桦壮，月挂长天句读圆。
为雪白头还寂寂，由风青抱更拳拳。
霜枫浸透山魂色，岁岁新红签韦编。

纪念刘建封诞辰一百五十周年

松桦为烛欲霞烧，十六峰齐捧寿桃。
奥壤枫花传凯捷，仙池岚影饮酕醄。
接程苦旅春生草，续咏雄篇霜吮毫。
百五年过公未去，与云起处坐听涛。

张福有介绍吴公大澂邓公世昌及致远舰

江密峰犹领韵东，纪程接踵雁横空。
茶棚一盏回甘后，致远百年萦念中。
驿路往来今古客，吟笺舒卷海天风。
流云凭捻知谁手？逝水滩头仰列公。

张福有先生春考敦化岗子村通沟驿站步先贤吴大澂韵

啄破曙寒归塞鸿，六临荒驿阅天风。
青铜斑驳兴亡演，赤子逡巡今古通。
多少夜灯霜鬓角，三千年事了心中。
倚松小憩登岗望，紫杜鹃开一路东。

赠江密峰镇牛爱民书记

披霞搢铎赴霜程，不屑蓬间雀语争。
身牧金风年景稔，草知素念岁时生。
甘于俯首缘天姓，惯被听人呼乳名。
去路迢遥来路记，初心耿耿发新征。

赠龙潭区档案馆于化冰馆长

秋露凝珠春水催，家珍皓齿粲殊瑰。
真真红袖兰台使，剪剪清姿阆苑梅。
漾縠龙潭濡潋滟，藉云案典荐崔嵬。
锦程淑气花团绣，迤逦千堆又万堆。

鸭绿江书画院成立十周年呈刘兆敏院长及诸君

洪荒来水暖芳洲，凝翠合岚乡月流。
四艺精追碧波远，十年情翥白云悠。
悬壶圆梦松花砚，聚友襟风夫子楼。
辽阔海天遥送目，联飞点点浪前鸥。

访太平江口赋红豆杉苗圃寄山庄主人

笼坡烟雨试轻梳，嘉木当春顶碧珠。
长势有声知茁壮，丰年在望未模糊。
不关名唤多情种，敢并身齐大丈夫。
俊骨从来生奥壤，萧萧风起自披朱。

醴泉亭聚饮井水

扬尘来远客，火向口中烧。
竞扑方圆井，争弯老少腰。
咚咚咚一气，啧啧啧三瓢。
纵饱千城水，回甘这一朝。

香莲墅行吟

分柳怜池小，幽蹊缓步量。
鸦青裙淡抹，粉白瓣新妆。
清澈心湔净，娉婷影竞忙。
一从郊墅近，身自蕴禅光。

瑞璟松花砚

青苍莹腻透，方正匠心裁。
蟹自横斜走，荷犹浅淡开[①]。
叩声听古磬，画篆嗅寒梅。
大泽幽蓝水，盛将月魄回。

【注释】

①砚台上雕有螃蟹和荷花。

咏 百 合 花[①]

华光泼眼讶新晴，攒动云鬟彩浪生。
青鸟殷勤尤为念，红尘纷漫未央情。
谦谦颜色非倾国，脉脉馨香直霸城。
欢喜仰天如喇叭，摇风自在率长鸣。

【注释】

①为伊通县花百合花诗社成立两周年作

怀念促进关东与江南文化交流的先贤成多禄公[①]

骨峻筋虬方正魂，高天雁翅系流云。
沧浪漫漶松花砚，诗话推开竹叶门。
异态雄风分柳隙[②]，同源绿水漾龙纹。
古槐阴里余香在，仍遣落英培老根。

【注释】

①成多禄（1864-1928）：吉林其塔木镇（今属九台区）人。精诗文、工书法，墨迹遍及东北三省，驰名全国。游历江南期间，以文会友，使关东文化流入江南。现在苏州市沧浪亭公园与网师园廊壁上的六首五言律诗石刻，就是成公1909年留下的墨迹。有故居曰十三古槐馆。

②余秋雨先生研究认为：长白山文化特征之一是异态文明。异态文明对汉民族历史产生过巨大的推动，给精致的 、同时也很疲惫的中华文明以新的生命力、新的雄风。

赠聂德祥先生

喟然碧树舞风襟，拔立苍茫作苦吟。
冷眼红尘三百丈，纵情绿意几千寻。
荣枯托举那轮月，初始芬芳这颗心。
清籁听摇枝叶动，伴声傲啸出霜林。

邱恩义先生长白山诗词百首书展

关东雅士恁疏狂，雁阵借来横幅长。
十六奇峰凭点验，古稀幽抱任评章。
酬青梦运龙蛇笔，书逸思分草木霜。
誉载京华山韵壮，枫红灼灼上风裳。

纪 念 抗 联

十四年曾血泪潸，东三省恨伪诏颁。
抗争奋起大刀队，挺拔昂扬长白山。
鸡唱春之歌上调，声旋雪在舞边关。
开江浪涌排天吼，召唤松花魂魄还。

抗联文化高端论坛步韵致贺

故去英魂未失联，声声心底唤风前。
枫翻血色鹃啼重，春透山光松领先。
鼓与呼时云聚阵，足之履处意钦贤。
极眸疆海天寥廓，朗朗冰轮魄正圆。

重走抗联路二首

一

一路追随试脚窝，新泥未敢旧痕罗。
歌行溪奏大刀曲，云驻怀萦满目莎。
布阵青松排将士，乱丛红叶抖缨梭。
回望历历曾经处，春草明年还发么？

二

征霜凛凛示东倭，枫火点燃心火多。
靰鞡鞋能趟血海，冲锋衣岂挂渔蓑。
誓言那刻嘶风裂，交响今声荡谷哦。
灼灼秋花烟野放，连畴叠浪灿金禾。

甲午年谒解方故里塑像感时

五座莲峰托将星，重光紫气耀连屏。
小村依旧香炊白，荒土因埋忠骨青。
凝目悠悠含远泪，挺肩赫赫倚苍冥。
思披战甲谋韬略，草木风过阵马听。

东丰县采风听地方领导讲话

语不惊人调不狂，入心生势抵汪洋。
凝神处把舵盘稳，行动时飘书卷香。
彩泼犹开新画轴，云裁能写大文章。
声声耳畔盈河水，情注滔滔流更长。

访白城三狂草庐

远避尘嚣隐野畴，围篱不取稻粱谋。
几畦春韭花丛老，双挂秋千云朵悠。
室雅横筝香写篆，人狂邀月酒倾瓯。
分明石径听桑屐，可是谪仙寻故游。

白 城 瞻 榆

远似碧云笼大千，近如巨伞臂擎天。
风抟杪绿催修耒，霜染叶黄忙数钱。
系带众人求好运，扪心独我拜真禅。
诚祈神木根深固，再佑苍生五百年。

好太王碑落成一千六百年

穹石丸都矗，安遗后世忧？
风云磨大器，撇捺挑吴钩。
挺拔龙山倚，倾听鸭水流。
祥光腾甲午，盘锦寿千秋。

张家文化大院看张崇安和张福有握手

初逢如故友，两个老张头。
薪火山村旺，精神柞骨虬。
泼墙晴翠墨，握手烫金秋。
正午光圈里，梳风白发稠。

公主岭市委、市政府创建中华诗词之乡

布雨春天里，泽民荣一方。
良畴丰稻谷，丹凤唱诗乡。
执政腾龙起，问心争月彰。
回眸公主笑，辽水正汤汤。

闻长白山诗社成立三十周年喜赋“中秋诗会”

卓然而立大荒风，雪素青襟袖曳虹。
吸露行吟患忧责，倚山壮脊傲玄穹。
菊花酒许千千愿，豆谷声回寸寸衷。
催旅新程闻画角，晴光泼眼闼门东。

吉林省政协长白山文化发展论坛志贺

直向云头铁笔悬，出锋符号勒燕然。
同山签约契恒久，共水流花泽大千。
政事参时言切切，民情关处意绵绵。
睟驰百丈松烟篆，图画鸡林五色天。

读翟志国《韩州探班感〈考鉴〉统编事》步韵而作

韩州煮酒话丸都，吹雪梨花亦快乎。
得助虎能添羽翼，编成谁共醉轩庐。
天真每发疏狂趣，沉郁常耽忧责书。
史与诗魂携迥陌，忘情磨瘦亚腰锄。

顾林画展暨《顾林作品集》在长春首发①

花开五月满城春，更纵灵毫着意皴。
看泼墨时洇脉脉，讶留白处起氤氲。
丸都骄子初心笃，顾氏英男绮梦真。
红日如钤题上款，红霞裱衬任风抻。

【注释】

①顾林：集安市人，专业画家，号半江散人等，国家一级美术师。作品多次参加国内外画展并获奖，先后被国内外藏家和机构收藏。

包拉温都出土金代加工杏核之石臼石锤随想

仙凡传说里，月窟杏林通。
翻落星云外，伏埋花海中。
香飘怜皎洁，果坠拾玲珑，
轻捣沉沉梦，回声出野丛。

拟游墨宝园

恍入文华殿，撒眸秋水含。
行吟香漱齿，拂石袖生岚。
雁影高低看，榆风远近谙。
牵云深处去，惊虹出龙潭。

咏鹤寄鹤乡党政领导

振翅联裁大泽春，天风掠起演经纶。
一枚红日承头顶，千顷碧波湔雪身。
姿拔于皋清又逸，声闻在野亮还真。
苍茫深处养心性，追梦不迷烟雨津。

咏榆赠通榆县领导人

未坼杏苞先举春，抟云覆垄攘民贫。
撑持沙塞重重荫，披秉龙鳞郁郁身。
风剥苍根盘倔强，鸟争虚抱垒天真。
虬枝更抖千秋笔，旋泼烟霞牧野新。

强晓初公诞辰百年

拱雪杜鹃三月红，百年举盏敬强公。
天将破晓鸡初唱，日浴不咸池早烘。
奥壤回春妆旷野，大江裂谷泻寒泷。
白云峰顶回眸看，吟阵旗扬猎猎风。

闻诗乡公主岭又获玉米之乡称号

地并诗乡玉米乡，合成双玉戛琳琅。
文章大块连云写，经济多元共世昌。
漫漫韶风苏奥壤，粼粼金甲衬朝阳。
当夸盛世神农氏，振起青襟犹远望。

赞通化县满族剪纸研究会梁克弋会长

银嘴微张啄梦轻，撩开云隙看霞萦。
人参故事用心讲，满族民风炫目呈[①]。
腕底缤纷飘绛雪，灯前寂寞剪寒更。
追花蜂蝶翩然去，痴守天东一抹晴。

【注释】

①梁克弋代表性的剪纸作品主要有：人参故事和满族人物系列等。

诗人走进通化县

雨霁山川别样新，沸流谷聚弄觞人。
瞰城凭我登高处，豁目听君叹轶伦。
湛湛晴光描旷野，飘飘缟袂卷芳尘。
醉斟古韵酡颜美，花曲柳风吹不贫。

通化县党政领导之文化自觉

洒海犹翻绮墨新，追风又骋并驱人。
雕鞍跃跃催长路，缓辔咴咴争出伦。
缨甩手中欲飞虹，草肥雨后更湔尘。
茂山凌顶喝云起：地寡诗文富也贫。

通化诗词学会成立

龙吟凤翥玉皇山，撩起云霞演大千。
豆谷问源谁活水，沸流向海我弹弦。
好将雪月痴亘古，未许风花弥逝川。
襟蓄阳春春意永，关情绮韵透辽天。

《梅津汇律》暨中华诗词论坛成立十周年采风行

网庆十年携韵行，梅津邀旅赴晴明。
摩崖石刻字无语，破晓鸡冠山有声。
松笔苍苍酬夙愿，家邦历历总关情。
平台错落千秋筑，织锦辽天再举程。

关东献礼中华诗词论坛成立十周年

十年贺鼓响关东，礼献惟裁韵不穷。
一自琴台阴柳绿，芊绵流派被霞红。
铁军迤逦芳尘起，浩咏琤琮绮卷雄。
蕉雨松风传美誉，碧云天外又征鸿。

【题解】

2007年至2012年的五年间，关东诗阵组织采风创作，在吉林人民出版社和香港亚洲出版社出版了大型诗词集《历代诗人咏集安》《长白山池南撷韵》《香远溢清》《百年苦旅》《江源毓秀》《公主岭风韵》《酒海溢香》《戍楼浩咏》《人民警察颂》《法书吟鉴（诗贺）》《李元才书法集（诗贺）》《白山纪咏》《雪域情怀》《中华诗词文库·吉林诗词卷》《纪辽东》《当代诗人咏辉南》《图们江放歌》《长白山文化论丛（诗贺）》《诗人走进通化县》等十九部，尚有《黄龙逸韵》《珲春韵汇》《延边礼赞》《松花石砚》《公主岭玉米之乡》《纪辽东专辑2》等六部诗集正在编辑出版中。正可谓硕果累累，被张驰站长称为“关东诗阵现象”。也被周笃文先生称为“关东铁军”。7月20日，来自各地的诗友又将开赴吉林省梅河口市，为《梅津汇律》进行采风创作。值此中华诗词网站成立十周年之际，诗友们可以自豪地说：我们无愧于白山松水的哺育！

有感吉林日报刊己丑贺春诗步韵张岳琦会长

谁领大潮啸世尘？群峰呼涌贺春新。
裁梅雪瘦青椽笔，问顶云高白发人。
玉暖昆山期璀璨，心凝瑶水淡奢贫。
蹊成无语荫桃李，镜鉴师贤品至臻。

叠韵张福有先生《庚寅贺春》四首

一、长白山文化进入省委决策

何言喜事巧逢寅？为趁虎威听啸新。
知意圆虹先兆瑞，牧云方略远瞻人。
已昭天外今古愿。来捧心头家国珍。
指日长风凭我驾，环峰十六笑迎春。

二、《庚寅贺春》赠张福有先生

千年妙笔问唐寅，谁画虎头王字新？
领啸关东醒云谷，生风脚下赶潮人。
先融冬雪墨研好，再点秋香卷捧珍。
天地之间大山水，边陲早透一痕春。

三、和张福有先生《故乡考古偶得》

纹袍王印赐斑寅，敢退阴霾焕史新。
黑瓦云昭方正字[①]，阳安剑仗古今人[②]。
轻歌一谱定词祖[③]，力辨九都知点珍[④]。
几许乡情深比海[⑤]，翻成浪暖老边春。

【注释】

①指张福有先生考订三十六字卷云瓦当铭文。

②考证阳安君青铜短剑之阳安君是指李跻。

③论证《纪辽东》是词之鼻祖并规范领唱该词谱。

④修正了历史文献上的“九都”为“丸都”之误。

⑤发现了位于良民的水下古墓群，并有诗句：“欲问乡情深几许，汪洋底下是新城。”在此化用。

四、贺耿铁华先生寿诞[①]

大任于斯择降寅，蒸腾紫气启元新。
家邦有幸逢旧友[②]，薪火得传来后人。
凛凛王碑声赫赫，煌煌巨卷字珍珍[③]。
书生身化镇城石，守护边陲万古春。

【注释】

①耿铁华先生别署桓州旧友，是正月初八寅时生人。

②集安唐代渤海时称桓州。

③耿铁华先生著有好太王碑著作。

读《桓州集续》兼贺耿铁华先生六六寿诞

梨花昨夜弥平野，掩尽喧嚣拂去埃。
绮卷乡愁情未了，晴窗曙色卷重开。
心期寿比三江水，史信文分八斗才。
大顺年交行运好，桃蹊远上锦铺来。

辛 卯 贺 春

瑞兔撒欢还秉阳，新晴初透满庭芳。
或因窗结梅兰竹，是为心呈福寿康。
融腊雪抟绿山谷，裁春联写大文章。
得天先著一痕暖，速递柳梢传百祥。

辛卯开岁诗家联唱步韵二首

一、辛卯新正读关东采风诗集

岳桦横臂苍茫揽，捧日浴川河出图。
鸭绿已裁排浩荡，鹅黄待啄啭清殊。
霾除塞北披榛苦，谱理辽东退史芜。

雄唱鸡林霞彩炫，蜚声云外和郎都[①]。

【注释】

①朗都：传说中凤鸟的飞鸣声。

二、辛卯开岁读“丸都非九都”[①]

拓荒紫塞君行早，风雪挥来入辋图[②]。
忘饮桂花酒添趣，勤追药杵笔分殊。
珠还豆谷饶丰稔，荫慰春秋去远芜。
一点心丹补天缺，如丸红日耀家都。

【注释】

①史书上有将“丸都”误写成“九都”的。张福有先生在《光明日报》上撰文力辨，为丸都正名。

②辋图：即《辋川图》，唐诗人王维绘的名画。这里借指胜景。

丸都春晓步壬辰贺春韵

金龙吐霁染天光，迤逦川原骤换装。
落墨兔毫书锦绣，回春雁信递芬芳。
石眠山顶终开悟[①]，词纪辽东首发祥[②]。
一阕清歌千叠韵，古丸都水涨时康。

【注释】

①辛卯九月，张福有先生赴丸都山考察，找到了能证明此城即是尉那岩城的早期石筑城墙。

②山城脚下的丸都水，被隋炀帝写入《纪辽东》词中，堪称首开词之源头。

步韵《壬辰开岁日四家漏夜联句》咏关东“铁军”

梅竹无须怜北地，自生气象藐三千。
雪笺覆野堪图瑞，松笔摩云可成燕。
采蜜蜂喧花圃里，约春绿泛柳条边。
开来流派风樯动，策马挥戈直指天。

【题解】

辛卯开岁联唱时周笃文先生曾称赞道：“开岁诗联唱活动形成了一种新的网络文化现象，在互联网飞速发展并影响着人们生活的今天，还有这么一群诗歌爱好者拥有着健康向上浪漫诗意的过年方式，堪称诗坛铁军，真是奇迹！”关东诗阵是联唱的主力。

迎春路上步韵《甲午贺春》

宿冷霜凝眉上寒，一鞭脆响报枝端。
新苞嘴呶听莺逗，大野云烧立马看。
桅索悬旗风里正，戎衣裹梦柳边安。
驱驰未敢花间歇，缰抖红暾跃出峦。

乙 未 迎 春

开泰牧云时气嘉，鞭春天际锦盘霞。
风喧草色消残腊，福藉晨光揖万家。
恐积雪终无雪落，欲花钱就有钱花。

羊毫趁手松烟篆，大野陈笺绿是涯。

丙申贺春

在握羊毫犹暖时，灵猴献瑞早先知。
攀援摘缕霞边彩，欢喜贴联门首诗。
玉宇澄清兴国梦，冰弦激越彻云池。
悠悠青简都交付，骀荡春风无字师。

丁酉年贺春兼贺《春韵满神州》出版

花鞭噼啪大门东，接福家家喜气同。
瑞雪疾飞添吉兆，金鸡先唱抢头功。
耽芳信苦情犹切，展绮笺香梦不空。
北地逢年诗意过，轻轻匀缕柳边风。

戊戌迎春寄远

独将雪语沁幽函，临发匆匆又启缄。
竹叶数行留旧忆，梅花几朵已深嵌。
河开浩荡鹅池涨，绪隐苍茫雁翅衔。
柳眼初萌偷视探，听谁趁月读喃喃。

吉林省首届松花石产业发展研讨会在通化召开

一从地火破重岩，龙脉蜿蜒演不咸。
隋帝秉旄歌凯捷[①]，清皇把砚颂超凡[②]。
悠悠水韵大江和，赫赫山魂魁斗衔。
搖笔松花聚云涌，绘春先遣雪飞函。

【注释】

①隋炀帝首开词宗写《纪辽东》句曰：秉旄仗节定辽东，俘馘变夷风。清歌凯捷九都水，归宴洛阳宫。

②清乾隆有诗赞松花砚曰：起墨益毫功有独，匪奢用朴德无双。

松　花　砚

丹心留取谱华章，未许芳情逐岁殇。
碧髓凝时山改海，青苔抖罢露匀裳。
不披织女机前锦，偏掬书生案上霜。
翠滴烟寒磨骨瘦，云笺犹自浸松香。

松　花　石

娲皇造物隐灵胎，何叹蛮荒輢老垓？
海底韬光沙滤尽，山中养晦月来陪。
一朝石激千层浪，八面风澄万里埃。
瞩目天东蒸紫气，琳琅直向日边煨。

孔令海董事长重金救护鲟鳇鱼

溯古嫩江抟美觞，孔门随化亦儒商。
素怀焉纳铜锈气，朗目岂贫明月光？
尚善甘醇溶老窖，围池清浅抵汪洋。
子非鱼也知鱼乐，还许摇鳍云水乡。

枫岭拾韵

任凭谁到此，难不作诗魔。
云枕妖娆色，岭奔欢乐歌。
迷踪花鼠子，泛彩小汤河。
一叶赠归客，清愁入梦多。

黑陶

龙山魄与白山魂，交积江源卓不群。
质似玉还争细腻，风驰誉更响清纯。
机缘逢处灵针度，化境臻时大雅分。
浴火乌金凭试手，经年犹自带春温。

《长白山文化建设规划纲要》出台

极顶高瞻气魄殊，又吹画角共山呼。
回声不绝风雅颂，流美多娇长吉图。
地火透天开奥壤，词源定谱热丸都。
银龙迤逦拱红日，大道非常任我驱。

庚寅秋贺农安建设中华诗词之乡并省诗词之乡揭牌

守望麦田诚许夸，金秋拾穗乐谁家？
黄龙府里斟岁月，清角声中凝露华。
放野鸡儿花点点，听湖苇子影斜斜。
风高雁阵穿云幕，人字量天写不差。

农安古城墙老榆树留吟

轻拈落叶向风呵，掠指光阴闪似梭。
欲数悲欢龙府史，还听淡远铎铃歌。
夯泥墙上秋花老，叠瓦纹中故事多。
剪缕斜阳缠树杪，化成诗句任霜挼。

访农安古城墙

黄龙古府老边岗，野戍委蛇南北方。
斑驳石碑卧荒陌，葳蕤秋草掩颓墙。
一坡土筑千年史，几度戈横万里霜。
闻此山头曾晾甲，回眸暮色递苍茫。

古城墙见布纹瓦

身随日影伫城南，瞬息幽凉没指尖。
剥落丸泥惊鹿梦，聆听辽瓦演冰蟾。
连营霜角爨炊冷，拱阙笙歌羔血酣。
残片难言兴替事，昭然纹理用心参。

读张福有先生《张鼓峰事件战地展览题句》

春回又见杜鹃红，未了情堪不老峰。
紫塞驰风发飘雪，青衫湿泪恨盈胸。
流云肯许松烟散？护鉴还凭气节雄。
笔壮河山浑入画，文心自古可雕龙。

庚寅清明前遥祭张鼓峰

东陲遗恨耸刀山，直插辽天浸斗残。
几度感时凄雨落，一番惊梦痛心剜。
积贫汉界丢云子，博弈龙威固玉盘。
草木偏无疆域属，和风着意柳弦弹。

珲春大东诗社成立呈诗社师友

快意边城好大风，急拈瘦笔惜词穷。
碧荷叶卷盛清露，遥敬仙班斫桂功。
一梦魂牵霞正蔚，三疆鸡晓韵先雄。
多情最是天池水，翥浪图们接海东。

纪念戍边楼落成百年

直翻心雨漫边楼，一派苍茫纵笔收。
剑气凝霜寒寇胆，关东列阵奠吴侯。
长鞭万里留三著，青简千秋祛百愁。
谁掬图们江底月，白头峰上诉悠悠。

路边接《寻访额赫讷殷》卷赠张福有先生

火球焰赤滚长街，炙手更惊书入怀。
骀荡山风今与古，萧疏月色鬓和斋。
枫霜浸斧随缘遇，雪爪留踪着意排。
苦旅生涯逾六六，匆匆未肯晒芒鞋。

和叶剑波《长白山之夏文化旅游节》

山城大象讶深微，幽抱敞开生彩辉。
古塔重光时瑞兆，天鹅在望势凌飞。
葱茏名片千秋递，浪漫风情四面围。
仲夏频来藏梦客，云轻云淡去还归。

吉林三杰之徐鼐霖先贤诞辰一百五十周年

秋深雁影断参差，望月怀人道是谁？
敢比云肩行朔漠，曾排松笔济边陲。
憩园课子桃蹊曲，宦海退思风节奇。
回首西山知岁岁，拳拳红叶舞霜枝。

读《长白山赋》兼贺张福有先生诗集付梓

乔岳东方势柱天，春秋浩秩笔如椽。
引瑶池水活流派，邀奥壤松青老边。
苦旅圆虹新句读，昏灯冻砚篆云烟。
霜飘苍发风飘袂，皎皎初心花喜年。

《耐寂轩诗存》梓成步韵敬呈翟先生

关东芳土生嘉树，紫燕黄莺集为缘。
三匝翩跹飞又聚，几声嘀呖学还传。
涓涓露坠枝筛月，窸窸风翻叶作篇。
春绿夏繁秋著锦，雪窗对酌醉霞燃。

翟志国吟师周年祭①

纷攘红尘一瞬过，看谁身后哭成歌。
荫余常念人之好，月缺偏添梦也多。
荷叶杯深斟酽酒，鹧鸪天阔度寒梭。
依稀耳际听叮嘱，仰处云牵百尺萝。

【注释】

①翟志国：别署耐寂轩主，关东诗阵前首版。为师堪表，为诗堪范，为人率性善饮。为长白山诗派培养新生力量不遗余力，吾亦受师指导，获益良多。

翟志国吟师两周年祭

梳风银发伫烟洲，乳白衣添月色幽[①]。
欲语无声常带笑，相望有泪慢盈眸。
念知人好天堂去，信可吟奇松壑留。
雨涨丸都河水阔，轻摇桂楫泛扁舟。

【注释】

①翟老师离开我们已经两年了。每每梦见先生，他都是身着乳白色衬衫含笑看着诗友们，隐去时眼里凝满泪光。

翟志国先生逝世三周年祭

似泼积年珠泪多，暑窗漏夜雨滂沱。
沧溟渺渺伤单调，白线垂垂浣大河。
逝水滩头偶拾贝，淘沙浪里不成歌。
吾将俗语从心问，您在天堂还好么？

文化集安

领驰书海捧霞光，点缀新刊意激扬。
七彩冰弦张锦瑟，多情芝露醉琼浆。
婆娑柳弹春风手，皎洁心凝文梓乡。
奋棹活源云作岸，古丸都水涌汤汤。

纪念“四保临江”战役胜利七十周年

阴霾压顶数重年，欲劈春雷炮火先。
铁血儿郎乡梓护，悍枭鬼魅阵场歼。
旗红七秩辉霞色，浪碧三江促锦弦。
笑慰英魂心所向，和风骀荡柳条边。

张福有先生回集安诗友雅聚

无须遥指杏花村，鸭绿江声裹进门。
圆桌围时诗佐酒，长途指处话离尊。
叮咛桑梓伸枝杪，招拂春晖布德恩。
蓟草离离生似我，摇风朝夕老城根。

马年冬日年会《小江南诗韵》会刊梓成

寒凝江霭静流深，破腊呼春绿蚁斟。
绮卷传看能忘饮，酡颜借饰只争吟。
开来阵马云生势。披拂松风月有阴。
不觉皑皑催脚步，咯吱一路起清音。

马年奉和张岳琦会长

诚祈马上去烦疴，灵验福随春聚多。
挺拔大椿抟紫气，蜿蜒小篆托银蜗。
白山载梦云凭枕，红日当庭意任磨。
倚户风过听仔细，溪弦拨雪送轻歌。

甲午年雪域魂兄生日①

遥倾北斗作深杯，二月二谁融雪醅？
扶醉纤纤兰影动，关情隐隐月痕猜。
不悲莲子心多苦，是好男儿头更抬。
伴与龙行风助势，翩然恰著紫云偎。

【注释】

①雪域魂：吴文彦吟友的网名，现居长春。从小患小儿麻痹行走不便。但才情锦绣，诗心沉郁，诗友们赞许尤加。

题西江米业商标

晴霞凭手展，照眼晃彤彤。
兴业金垂穗，斜芒意出锋。
米香赢素誉，贡瑞领皇封。
方寸无边界，稻云千万重。

张福有先生辛卯重阳登丸都山城步韵二叠

一、随行考察[①]

为靖边陲九九秋，来登尉那古城头。
风光好处须临险，学问精时岂著愁。
且藉苍苔读斑驳，休教暮色隐踪由。
俨然磊磊筑墙石，寂寂千年守戍楼。

【注释】

①此番随行者七人，见证了发现高句丽早期城墙的过程。

二、自题照片

放眼丸都好个秋，撷来云朵系肩头。
老墙根下风听起，残瓦手中笺叠愁。
匝地黄花开寂寞，燎天红叶透因由。
相随甘苦终考定，凯捷清歌铺上楼。

长春圈楼首届长白山松花奇石松花砚精品展

春城又灿紫云花，熳烂八方诚可嘉。
长白山人剪虹彩，松花石砚泛诗槎。
圈楼形共天池拟，集宝名随文运遐。
细数琳琅惊绝妙，环峰隐约列仙家。

《长白山池南撷韵》出版

心酿琼醪破岁开，异香袅袅绕梁来。
杯倾鸭绿流觥也，杪透鹅黄染梦哉。
百转和风梳笛柳，千吟叠瀑漫琴台。
苍苍云水谁擎帜？韵卷天东情满垓！

悼念宫玉春女士

玉颜含笑已西行，谁唱双馨漫展旌？
一缕松风呼雪韵，千重林海和春声。
浸霞画卷同山老，幻彩童心共凤鸣。
情蓄天池深几许，化成飞瀑问云筝。

悼念文中俊先生

清吟又接白云边，梦里悠悠若许年。
逝水谁能留鹤影，临风我捻忆君弦。
雪裁松格心向远，墨舞荒陲情自翩。
不尽三江千古涌，依然汩汩润蓝田。

题驮道岭云海台历

贝叶初翻驮道年，迎眸雪浪带轻寒。
爽其心也怀其远，醒以神兮素以安。
从此祥光笼案舞，何愁新岁望风残。
拈云朵朵如藏梦，梦里飞霞梦外观。

读《白山纪咏续注》赠张福有先生

挟云椽笔向天书，续咏新征纪始初。
心抱千秋澄广宇，汗挥四季考荒墟。
荣枯草木知兴替，聚散烟霞任卷舒。
批阅苍茫催皓首，白山遍地筑诗庐。

甲午二月初二步韵沈老贺中央“两个决定”出台①

卢沟月霁旷天行，泪溅雨花穿石声。
壮也龙抬头哮日，锵然剑出鞘催征。
鸽旋禹甸炊烟直，意守方舟海水平。
鬼火欲烧断魂路，一丛榛莽一丛缨。

【注释】

①两个决定：指把每年的9月3日确定为中国人民抗日战争胜利纪念日和南京大屠杀死难者国家公祭日。

依韵助兴各位师友唱和鸡冠山

疏狂莫问少和翁，振袂同生两翼风。
抖落尘烟了俗虑，来参山野悟灵空。
红霞天赐冠绝顶，紫气情牵呈大东。
引颈梅津皆妙韵，无须雕琢自然工。

磨盘湖国家湿地公园四首

一、游船上

钟灵宝地状葫芦，幽美丰饶无比殊。
天际红霞翻鹭影，舷边锦鲤戏龙珠。
犁开雪浪相思种，闪忽粼光幻梦濡。
定格悠哉方举镜，婷婷早已印明湖。

二、全鱼宴

转过山脚杏旗迎，斜蘸湖光半亩晴。
僻岛独家凭特色，美名千里赖经营。
连番酒令喧鱼宴，孤立丘亭对鹭倾。
风满幽襟聊一望，远岑近水向眉横。

三、观鹭亭对鹭

何不同栖野水涯，临风梳羽啄蒹葭。
朱亭难避酒翻污，青霭偏宜意纵遐。

恍惚前生为雪客，轮回斯世搏尘沙。
云烟深处待飞去，翅缀苍苍雨点花。

四、橡树下挥别

心思浩渺水云乡，欲共翩翩鸥鹭翔。
叆叇山光笼汀渚，流连夕照溢螺觞。
枝虬无语摇风动，叶茂多情赠意藏。
底是一枚油绿梦，签书枕畔透湖香。

贺王玢玲教授《东北虎文化》出版

逢寅彩凤焕新翎，更借神威抖擞行。
翼挟大风弥谷绿，额钤王字补书青。
长空杳远素心系，旷野平芜翠墨耕。
振笔斜阳还独倚，云霞一朵鬓边晴。

题张福有先生《访二龙湖归途摄晚霞》贺征稿逾千首

每将大美聚灵瞳，定格高情一瞬中。
先向长空圆句读，再倾金斗醉吟风。
痴心逐日比夸父，泼墨平湖讶共工。
凤翥天光龙叠彩，迢遥又递梦乡红。

立秋日寄向海

爽约蒹葭这一途，丸都北望意尤殊。
云丝已捻系秋翅，钱荚欲攒摇老榆。
慢向霜前销病酒，轻敲月下有诗庐。
风萦仙羽香肩袭，与鹤联翩起泽湖。

游鼓浪屿闻《雄碑韵影》出版致贺

高舫扶舷影，翻开画一屏。
情怀因豁朗，鸥鸟似通灵。
鼓浪屿潮拍，太王碑史铭。
华章圆绮梦，赠缕海风馨。

官马养老院《老来乐》行刊志贺

不咸人是不闲人，又向蓬莱扶寿椿。
半盏茶根轻泼去，满庭月色洒均匀。
棋敲石上无孤客，花莳篱边复几春。
一卷翻开心敞亮，老来乐趣道津津。

重阳雨乍晴即景感怀

山角狰狞攀者集，疏林旷路履痕稀。
人争雾驾能腾达？叶落秋思省细微。
喘息时将风景老，逍遥处正菊花肥。
浮生高显和长远，数一从来九九归。

共和国六十华诞步韵张岳琦会长

清宵无寐坐添衣，思绪又斑低牖枝。
大吕铿锵醒狮跃，巨轮叱咤立涛驰。
山弯激水惊磐固，斗转流光看物移。
天地文章挟云写，春秋自会注参差。

中华诗词学会第四次代表大会召开

松唤美人妆未迟，拈霞簪上最高枝。
由来陌上芳尘起，惯傍天东铁骑驰。
流派掀潮成献礼，华光暖石正题诗。
千秋祈愿金钟振，翠袖轻飏舞那时。

贺包德珍大姐七十六岁生辰

早占风情向小园，香氛淑气映暾暾。
苦寒不皱摧眉雪，鲜艳还持修月魂。
春信急传添厚福，冰笺重折识新痕。
观音轻洒宝瓶露，九九花开九九樽。

伊通颁金节见闻①

十月醉听伊水歌，喧天擂鼓又敲锣。
花边饺子思方煮，郊外骆驼骑正过。
一脉汤汤情骀荡，七星灿灿梦婆娑。
谁家婀娜旗袍女，莞尔回眸两酒窝。

【注释】

①颁金节：每年农历十月十三是满族的颁金节，是满族诞生和命名的纪念日。这一天，满族同胞穿起民族服装，载歌载舞，开展各种庆祝活动（骑骆驼是其中之一）。准备各种美食供客人品尝。满族家庭包饺子捏花边。

题驮道岭诗书画云海台历呈唐仁举先生

如真似幻总迷茫，多少神奇画底藏？
驾雾青牛乘老子，蒸霞紫气翥文章。
心同广角天地阔，情纵灵毫云水长。

参透尘烟驮道咏，三千界里自清凉。

获赠唐仁举先生诗词摄影挂历

未换桃符先挂历，无尘壁暖拥晨昏。
客临啧啧唐三彩[1]，日照曈曈福满门。
流水涵光摇素影，卷云呈像系清魂。
长霞知意天东抹，豆谷风匀红绿痕。

【注释】

①唐仁举先生能诗词、擅书法、精摄影，余戏称之为“唐三彩”。

康美新开河药业

笃向瑶台悯此身，播春先抱满怀春。
园开不谢花常艳，炉养长生药最真。
皎皎梅魂凝馥郁，青青松魄托精神。
破寒且舞东风起，雁阵横天大写人。

看光荣榜赠集安佳信人

红花绶带焕颜新，占尽风流佳信人。
落落工装多朴实，谦谦仪态剩真纯。
描蓝图画情融梦，捂热钢材汗透巾。

金榜联肩飞雁阵，碧云天外正催春。

高丰清先生六六生辰兼贺诗集出版[①]

卷开大顺喜成双，朗月清晖映满邦。
缕缕情牵连汉韵，声声律动和京腔。
方祈福寿来东海，又舞云霞浣北江。
匀皱自娱粉轻扑，麻姑翻袖叩蕉窗。

【注释】

① 高丰清：别署月高风清、兰台别客。出版诗集《桑柘集》

步高丰清先生《自寿》韵有寄

关东追梦忆当初，便遇风清拂面如。
落落霜揉桐叶皱，欣欣月展柳眉舒。
每从云隙醉天籁，常愧圃中荒草蔬。
古道李花开浅浅，长身立雪仰高庐。

闻磐石三余诗社成立二十年壬辰夏夜有记

点点流萤幻亦真，客乡襁褓养清纯[①]。
人之初语菊花逗，石以终生品格匀。
梳韵三余情浪漫，倾杯八友梦缤纷。

小笺羞往风前递，唯抹丸都月半轮。

【注释】

①吾婴儿时随父母在磐石生活。

吉林龙湾群国家森林公园四记

一、印象

亿万年前造化神，明珠辉发接东暾。
无湖不奥深难测，有岭皆低近可亲。
原始森林留梦好，当今亮点炫眸新。
风涂绿色人谋计，余荫儿孙代代春。

二、走近

幽谷烟中几道弯，千米木栈绕湖盘。
晴岚欲捧心头上，绮梦早弥云水间。
十二溪桥添曲折，些些故事接连环。
金龙河畔争湔面，莫待情痴忘驻颜。

三、感受

置身仙境忘尘形，岚雾分开翠拢屏。
空气透青真冽冽，雨丝飘绿惜惺惺。
灵心阁语倾情诉，吊水壶歌倚石听。
诚许龙潭宫里愿，佑吾来世践今盟。

四、梦留

襟怀山水每轻歌，亲近龙湾梦更多。
笺展依稀映霞壁，情焚仿佛扑灯蛾。
幽潭抱起丸都月，画舸推开鸭绿波。
最数知心三夏柳，横斜低牖演婆娑。

步张岳琦会长微韵写无题

偶翻闲卷落枯微，绪绕孤灯淡淡晖。
能拾花残葬书冢，难笼魂散入云围。
心藏缱绻情依旧，风谢缤纷梦已非。
幸有余温纤指慰，轻拈一片祭莎菲[①]。

【注释】

①莎菲：书中女主人公。

赏《乘物游心》书法集呈陈海军兄[①]

竹风襟抱素，修笔蘸江花。
春碧汤汤水，秋苍采采葭。
向天书撇捺，随性舞龙蛇。
一苇烟波里，酒歌勾月斜。

【注释】

①陈海军，号瘦竹。精书法，善饮。公主岭市人，现居集安。

名医杨晓凤[①]

桑杨春晓示，鸣凤豁烟津。
橘井回甘处，天风嘉淑人。
幸生灵秀地，得仰偌高邻。
织羽霞边彩，白云围项巾。

【注释】

①杨晓凤：集安市医院老干部科主任，擅长大内科诊治，医德高尚，技术高超，集安地疗和集安市医院的血液透析，都是她创建起来的，惠及边地苍生。

《集安最美》诗集出版赠冯绍义先生[①]

青苍搏雪傲寒冬，奇崛身量不老松。
意属云知情坦荡，石盘根跋态从容。
三更灯冷添银发，一卷诗香慰绮胸。
天女横波遥望处②，举旗人领更高峰。

【注释】

①冯绍义先生是集安诗词学会的元老，深受同道敬爱。

②冯绍义先生在七十三岁时和诗友们登上五女峰的最高峰——天女峰。2017年先生以七十八岁高龄，多方奔走争取资金，领衔主编了集安诗词学会十年作品精选《集安最美》诗词集。

鸭绿江边餐饮区即景四首

一、春趣

放鸢风趁手，点指浪腾鳞。
鸭绿烟波阔，鹅黄柳梦新。
一从知烤味，终究误斯人。
温酒炉台上，月光窥几巡。

二、夏情

碧流青涩目，浩荡复参差。
水唱迎宾曲，山擎劝酒卮。
有声窗外画，无字眼前诗。
蝶紫蜂黄趣，啄花闲蹴枝。

三、秋兴

高邻契良木，相傍两融融。
画影瑶阶瑞，当门玉柱雄。
银躯饰华匾，金叶灿晴风。
百万青蚨与，缙量七彩虹。

四、冬饮

云从江上起，谁自雪中来？
欲语呵清气，禁寒试醁醅。
温柔炉灶火，清浅藕花杯。
寻醉非关酒，关乎一剪梅。

戊戌七·一吟怀

江山霞色里，迤迤复英英。
天地一轮拥，镰锤众手擎。
政和谋运祚，剑利翦鲵鲸。
撸袖加油干，花繁簇锦程。

集安榆林镇治安村新建抗联食堂

拨旺炉膛火，扑怀深处红。
炊升香袅袅，烟接日融融。
细咀粗粮饭，畅倾陈酒盅。
平添拔山力，翩振起天风。

大安辽代斫冰烧酒工艺再生兼贺冰雪节

曾宴契丹使，醉翁遗事遐。
重生冰蚁唤，旋落雪花遮。
北暖三冬节，南凉七碗茶。
积钱豪客掷，报与百年赊。

闻《小江南诗韵》公众号上线

琉璃台阅胜，六出舞纷扬。
新素银丝柳，待丰金缕裳。
居高声自远，守拙岁方长。
矻矻冰轮鉴，耽吟噙露霜。

题杜鹃花海照片

追春攀雁脚，幻梦地沟村。
紫画轴天落，火烧云岭吞。
傲姿君子骨，香朵美人魂。
挤进花丛里，并花生石根。

抗 联 煎 饼

文火鏊盘底，米糊量半盅。
摊轮天上月，拔棵地头葱。
一卷金箍棒，再旋大圣风。
曾添灭妖力，今立养生功。

百草园诗群己亥迎春

六出传飞简，辙深春辇回。
相思焚旧岁，所寄剪新梅。
莺啭花枝动，筝弹涧水催。
祈时光不老，饮尽手中杯。

迎新酒会得百草园台历

壶中沉旧岁，新历启新元。
消泽千山雪，芬芳百草园。
春光笼案舞，日子续花繁。
挽住风前手，不教云锦翻。

应梅子约己亥贺春

暖冬临北地，似驻早春天。
知雪寒生后，呈祥韵发先。
凇柯旋玉笔，山涧续冰弦。
饯腊通宵饮，窗花透紫烟。

多彩农家

屋顶彩虹瓦，画围灰白墙。
窗花羞魏紫，谷囤灿金黄。
悬日枝头照，戏童门后藏。
辣椒晒红串，火爆小村庄。

西江镇美食

杨柳岸烟低夕烟，青青客舍飨新鲜。
开江鱼嫩铁锅炖，扒肘子香王氏传。
系叶小舟归晚渡，开坛老酒卧真仙。
无端念想者滋味，便纵舌尖侵月边。

西江镇经济作物

烟野葱茏好雨催，扶红移翠趁春栽。
高低树结大榛子，远近名传中药材。
科学作兴加实干，腰包撑满莫须猜。
绸缪南岭忽听报，花木东坡又坐胎。

第三届中国·吉林贡梨文化节

襟带轻寒胜日游，翩翩玉蝶满枝头。
寻香不独梅园去，匀白多疑天雪留。
老树撑阴亲子辈，新阶继踵筑云楼。
春追花信秋尝果，晴野风光话北陬。

贺《佟水悠扬》东三省百人采风

春畦蛙鼓曲悠扬，丰稔稻花添韵香。
掀浪汤汤蝌蛄水，流霞漫漫碧螺觞。
清皇指处柳成荫，芳野铺金梦不荒。
吟旅高秋迤逦去，一程红叶一程霜。

看张福有先生为杨靖宇后代网络投票鼓与呼

塞北风高未比优，抗联浩气众心留。
情从桦树皮中激，云自龙门峰上游。
今昔雪原同跋涉，始终旭日共追求。
举旗人继将军踵，不废三江万古流。

《集安楹联》创刊

独秀边城第一枝，天风二十四番吹。
婆娑疏影清香送，挺拔修姿丰采随。
由是亭廊生灿烂，便将岁月长葳蕤。
华光泼处人心畅，结籽金秋向日葵。

程远春城漫画展致贺[①]

开岁冲寒散异香，润霞玉壁拭眸量。
口头语说身边事，画外音欺剑刃霜。
低调行藏名显赫，箴言鉴悟理传扬。
风流缘是森林子，葱郁犹披五色光。

【注释】

①程远，本名程伯承，集安市人，著名哲理漫画家、作家。从一名林业工人到市文联主席，靠一支笔享誉国内外。

步韵送张福有会长赴中国首届诗人节大会

端阳故里百花洲，缕缕艾香护远游。
屈子诗魂千古诵，丸都河水大江流。
开新君率清风笔，继雅谁登黄鹤楼？
一片悠悠云未远，牵回正好写高秋。

池南区历史文化研究会成立暨长白山学术高端论坛

顾目莽苍叹郁峨，春华渐盛劫灰多。
十年撷韵鸿飞雪①，一路攀跻脉激波。
凝碧池蓝掬云影，泛沧鸭绿淌情歌。
千秋再举洪荒力，烟野流霞醉若何。

【注释】

①十年撷韵：2018年9月5日，是《长白山池南撷韵》采风十周年。

嵌“人生自是有情痴”赠张福有先生

人生自是有情痴，遍阅家山谁匹驰？
顶雪杜鹃追履后，掬波豆谷洗尘迟。
枫林手斧缘天定，石磬古音舒力疲。
一杖拖云还浸墨，等身著曳老荒曦。

白山市诗词学会成立十周年

春秋十载葆初心，听惯丹崖瀑泻琴。
空谷回声旋远岫，大东汇韵振强音。
翔风勃勃天鹅翅，挺笔沙沙枫树林。
新里程望铺新雪，蜿蜒画履发从今。

纪念五四运动百年步韵李文朝先生

号哭无求活国方，石磐压顶气何扬?
雷鸣誓起燎原火，血泼云开射斗光。
大道通天关隘险，长征接力朝夕忙。
叮咛耳际风呼劲，青少年强民族强。

己亥贺春为反腐倡廉喝彩

一溜梅痕惜别春，天蓬掌岁肃流尘。
铁爬并举千钧棒，公仆同高万仞身。
休向雪中藏黑恶，敢扶荷面比清新。
遥看草色笼烟野，十二级风能较真。

张福有先生七十初度有劝[①]

冬暖喜连三月春，须髯少许挂霜尘。
杖敲峰顶望望景，汗拭泉边歇歇身。
捻绿松针常补白，穿宽马甲未更新。
杜鹃低语风轻拂，情也芬芳劝也真。

【注释】

①张福有先生为了长白山文化事业，常年在荒郊野外搞调查，著述立说解疑补白颇多，不辞劳苦日夜奔忙，相劝先生保重!

赠河里抗日展馆投资人刘福先生

俊骨并生曲柳川，绿荫乡野复吹棉。
殷殷宏志青云上，耿耿初心朗月悬。
故土相亲因血热，春晖照拂挺身坚。
纵高百尺根磐石，不歇重熙累叶肩。

戊戌盛夏十二仙媛重游长白山养生谷壹号庄园

碧罗裙摆夏风来，转水湖皴菡萏开。
情寄山光轩榭梦，秀匀气格埽眉才。
年年荷月香萦绕，寸寸鬓丝华莫猜。
三十九方圭玉契①，铺张一处一琴台。

【注释】

①圭玉契：十二仙媛为各景点题写的绝句石刻。

集安榆林镇治安村岩洞抗联军校遗址

涛声奔马起榆林，身立翠微寒岫侵。移步纵横量百米，贯胸气势夺千寻。松灯点亮无边夜，岩溜听长万壑琴。霍霍刀磨争虎跃，孜孜卷掩效龙吟。石枰演阵名黄埔，霜角撩霞本赤心。苍莽雪原星火种，急危国难铁肩任。血浇乡土花丛笑，鸡醒天光鬼影沉。纷漫虹霓辉映处，青枝如臂举森森。

游振国长白山养生谷作劝世养生歌

若要长生先养生，养生这里最驰名。氧吧誉美乡关外，长白山高旗号擎。若要长生先养生，山庄曳履一身轻。相陪八角梅花鹿，生态园中行复行。若要长生先养生，药园百草眷卿卿。掬风洗肺调呼吸，羞月窥帘眯眼睛。若要长生先养生，新观念好脑心萦。有钱保健腰身壮，抱恙钱多也放横。若要长生先养生，箴言你我记铮铮：莫将残喘累儿女，到底尊严靠自撑。若要长生先养生，花开花落看分明。垂纶照见鱼争饵，胜负随人了一枰。若要长生先养生，尘埃抖去步新程。呼朋转水湖边奔，第一村中扎老营。若要长生先养生，这厢来客赞连声。高中低档全成套，餐寝乐呵随意更。若要长生先养生，养身养性养心情。果蔬郁郁由君采，廊苑关关听柳莺。若要长生先养生，白头山许白头盟。美人松活三千岁，那派丰姿才算赢。

卷三　词

浣溪沙·康美新开河采风六首

一、启程

欲访边城药业人，几番当牖启朝暾。驰思如电撵飞轮。　康美多情弘大爱，丸都十月有阳春。直教冬雪了无痕。

二、印象

楼角齐云瞰鸭江，淬霞碑石院中央。挺身扛起一肩霜。　泼彩鲜妍参态美，书丹方正意图长。良心济世可昭彰。

三、参观

蹀蹀跫音响月宫，相随好似蹑仙踪。吟襟翻透药香浓。　望里苍茫知是岸，迎前峭峙敢为峰。当然腾踔驾云骢。

四、新开河故事

八百年前故事多，从前每讲那条河。至今心底泛清波。　御品国参知道么？参乡钦点这边哦。豁牙童叟乐呵呵。

五、菊皇茶语

凤点头时雾半遮，青花小碗漾流霞。品知甘爽各些些。　可以醒心清口气，果然吹雪上蒹葭。菊浆只合玉台赊。

六、回首

挥别参乡第一楼，风摇冻柳也低头。芊绵思绪忆中留。　合力淘深新橘井，孤灯挑尽瘦诗囚。泠泠心曲汇江流。

双红豆·情种七星山五首

一

南斗星[①]，七颗星，翻落鸿荒为践盟。化山都有棱。　山布形，勺子形，直把风花雪月盛。谁来醉一觥?

【注释】

①传说七星山是天上南斗星落地。

二

大孤山，小孤山，咫尺天涯亿万年。相望云水间。　化身禅，化心禅，暮鼓晨钟绕紫烟。未参尘事缘。

三

叹北尖，叹东尖，更叹西尖山舞岚。拄天王母簪。　积情岩，省心岩，幽怨消时牛女忺。梦回星瀚蓝。

四

金马鞍，银马鞍，不敌神鞍落九天。粲然陪玉莲[①]。　驼日还，驼月还，难递相思春梦寒。我来加一鞭。

【注释】

①马鞍山下有荷花池。

五

莫里青，墨底青，梦里翩跹孔雀屏。梦惊嗔老鹰[①]。　晓窗明，菱镜明，一朵轻烟眉上凝。远山描不晴。

【注释】

①孔雀、老鹰：指孔雀岩、鹰嘴岩，是莫里青山的景点。

山渐青·隋炀帝填《纪辽东》丸都首开词之源

鸭水长，沸水长，凯捷丸都隋帝炀，词宗首发祥。　始滥觞，今举觞，对影邀来明月光，放怀歌未央。

山渐青·《纪辽东》唱响诗坛有感

醉长风，舞长风，豆谷风高曳彩虹。江河翥浪汹。　纪辽东，继辽东，仗节除霾湛史空。凝眸月在峰。

纪辽东·裁春燕[①]

天风莽荡启冬严，寒林契不咸。扑漉一声斜响翅，掠雪递春函。　啄词呶嘴啭呢喃，怡红快绿添。十六峰头试云剪，金缕竟毵毵。

【注释】

①闻长白山文化研究写入吉林省委贯彻落实中央决定中，标志着诗词界的春天来临了。

纪辽东·守巢人[1]

草细泥香口口衔，小筑苦情耽。星儿为解相思意，纷纷夜幕嵌。　　且舞清风出画檐，今古月同瞻。阴晴不弃故园梦，极眸天际蓝。

【注释】

①读《人民日报》关于旧体诗词访谈，作为传统文化的爱好者深感自豪。

纪辽东·长白山春曲

长白崔嵬生气象，二月早春妆。雪中红杜鹃开了，岳桦林杪苍。　　灵雀画眉争暖树，嘀哩啭新符。兴高更约三江和，千重岭也呼。

纪辽东·看张福有先生集安良民库区考古越野车图片

一脚油门日月飙，夺路上云霄[1]。悬车笃向花明处，新城水底捞。　　莽野颓垣碾绿踪，身掣老边风。有情人为无情物，采来霞朵红。

【注释】

①2006年4月，张福有、孙仁杰、迟勇等在良民库区发现2753座古墓。为抢救、调查良民库区的古墓和古城，越野车不得不开上“天路”。

纪辽东·读吉林日报所
刊张福有论吉林文化标志性符号感怀

环峰十六披霞彩，奇光破雪来。今古云开长目送，凌顶旷疏怀。　　不遗后世忧深信，支撑赖自身。水远山高真气养，骨骼愈嶙峋。

纪辽东·长白山文化由研究转入实施

不咸山耸新符号，当春理凤毫。大块鸿文夺云势，剪韵趁花朝。　　东方乔岳递名片，风光信手牵。滚滚江声呼砚底，芳野起苍烟。

纪辽东·张福有先生受聘为吉林省政府文史馆馆员

情怀不老人何老，丹心霁月昭。念念金瓯系无缺，雨雪挽飘潇。　　山兮幸矣存知己，杜鹃红翠微。纵览苍茫承一诺，再续百年期。

纪辽东·咏鸡儿花寄意《四平诗词》①

兰幽菊馥牡丹红，蓟花情独钟。野火春风煨热土，极目看丛丛。　　洪荒寻梦引芳踪，旰宵抟露浓。漠漠绮怀听月下，诉与白头翁。

【注释】

①鸡儿花学名“蓟”，即东北谓之“老牛锉”“刺儿菜”。八百多

年前，先贤王寂于梨树偏脸古城写下鸡儿花五律一首，被张福有先生检索到。今借来寄意。附王寂诗：花有鸡儿号，形殊意却同。封包敷玉卵，含蕊啄秋虫。影卧夜栖月，头骈晓舞风。但令无夭折，甘作白头翁。

纪辽东·通化市诗词学会
成立两周年众诗友再掀《纪辽东》热潮

又到雪花轻舞时，旋递贺笺飞。辽东千曲暖流派，韶风着意吹。　　调寄乡音不改痴，呵笔杖春犁。皑皑梦里抟新绿，白云峰上堆。

纪辽东·《长白山诗词》刊行百期二首

一

白云峰上白云期，高标一杆旗。百叠心笺梯玉宇，霞彩筑丹基。　　问源流派颂丰碑，局开先着棋。纵使烂柯犹在弈，但信了无疑。

二

百年苦旅未穷期，开来五丈旗。继往隋唐发新韵，夯实固邦基。　　燕然石勒里程碑，霜花粲若棋。濡墨天池理枰谱，得胜不须疑。

纪辽东·吉林省长白山文化研究会成立十年

天池水注松花水，十年抟浪飞。磨剑刊碑痴苦旅，烟雨路霏霏。　白头峰上苍茫览，心澄万里天。逝者如斯缨共濯，再甩牧云鞭。

纪辽东·贺长白书院揭牌

撩霞瞩目又天东，文华曳彩浓。有幸大荒布新绿，万木更葱茏。　圆虹呈瑞兆于先，韶风兴老边。十六峰头云展卷，浩荡阅千年。

纪辽东·重回江源参加《江源毓秀》首发式

别时烧透满山枫，留于梦里红。笺素寒凝露千滴，明月挂天东。　琴弦又捻绿阴浓，漫梳江畔风。老井心头还汩汩，极目万重峰。

纪辽东·长白山自然保护区成立五十周年二首

一

人间万物比邻亲，攀扶枝蔓伸。绿色氧吧天赐予，低碳享长春。　悔当寒齿惜亡唇，终将血泪吞。巨伞撑开新世界，浓荫地球村。

二

花海松涛岫抱幽，鸟悦鹿呦呦。天人相合桃源境，得于生态优。　月浣三江不咽愁，叠浪舞云绸。子孙代代畅清气，放歌春复秋。

纪辽东·《中华诗词文库·吉林卷》付梓及《纪辽东》入卷

莫怨曛风脚步迟，懒向柳梢移。鸡林踅足犁诗域，驻春浑忘司。　一曲辽东今古弹，破霭敛轻寒。梨花豆谷笼新梦，天荒也不残。

纪辽东·为长白山诗词流派初成而歌

诗经领唱隋唐和，圆虹两举觞。迤逦千年文脉旺，苦旅护家邦。　一溪歌板风前舞，丸都水韵长。满树音符狂雨后，云外翥三江。

纪辽东·贺公主岭诗词学会成立二十周年

蓝田廿载云锄梦，耳边听凤鸣。淑气团团堆锦绣，霞彩蔚然蒸。　浓情勾兑丸都水，漫将心雨倾：万里长风君策驾，春履振金铃。

纪辽东·伊通诗词学会成立二十周年

花开花落几春秋，芳华未许流。守得七星齐璀璨，百合也清幽。　　弯弯伊水系兰舟，传觞谁比俦？别有洞天凝皓魄，岁岁演绸缪。

纪辽东·题荡平岭石碑

不争显赫不争奇，蓬蒿肆意围。老岭横身托碑固，千古仰崔嵬。　　百年风雨百年痕，煌煌铸石魂。更有双龙盘额顶，吞吐汉天云。

纪辽东·读《百年苦旅》逢张福有先生登白云峰遇圆虹

轻轻点亮满天星，披风向远行。杖策五重终极顶①，更赖自身撑。　　一樽还酹感山魂，圆虹出阏门。两杰同环信缘笃，百载共拿云。

【注释】

①张福有先生登白云峰依次翻越五座峰。

纪辽东·张福有先生花甲三梦得偿圆虹来贺①

百五登临惊日晕，持镜聚缤纷。挺身极顶担风雪，云萦白发人。　　三梦从今偿夙愿，句读向天圆。灵光解意知情悃，冥冥造化缘。

【注释】

①三梦：一是百年苦旅的继往开来；二是一百五十二次登长白山，最终登顶白云峰；三是规范、整理重振《纪辽东》词牌，使之千年惊鸿一瞥后终于得传，其意义是为“丸都”之辨再夯一石。

纪辽东·题张福有先生曹家老井饮水照

斑斑石上老苔裳，些些故事藏。云影笼寒潭底梦，谁复掬沧浪。　深深一口饮苍凉，腹含明月光。演漾东陲天不废，脉脉发三江。

纪辽东·曹家沟老井与众诗友饮水记

弯弯山路凭心量，黄花曳鬓香。欲问曹家沟掌事[①]，草木裹轻霜。　躬身争向泉边饮，甘回九曲肠。情注源头吟活水，汩汩续流长。

【注释】

①沟掌：半山腰之谓。

纪辽东·《江源毓秀》采风归来

正趁金秋百里风，一路逐飞鸿。碧云天外抟霞意，烧红老岭枫。　曲曲清歌传凯捷，牌选《纪辽东》[①]。浑江水接丸都水，泱泱古韵雄。

【注释】

①据张福有先生考证，《纪辽东》是词之源头。隋炀帝留作两首。其中有句："清歌凯捷丸都水"与集安有关。《江源毓秀》首次由张福有先生规范词谱。

纪辽东·赠呈蒋力华和张福有先生

白云出岫演绸缪，欲来山雨稠。风敞素怀携手眺，诗话唠同俦[①]。
烟霞叠卷韵悠悠，大江春水流。一派汪洋涌天际，犹放浪前讴。

【注释】

①长白山文化研究及《长白山诗词选》是蒋力华先生在1994年建议张福有先生着手研究和编撰的。

纪辽东·《茂山集韵》出版
及张福有先生送书吟怀

壶提蛄水煮三江，冻云开异光。通化莽原盈尺雪，流派汇浪浪。　茂山情共禹山高，烟霞一路烧。笑引丸都弓月满[①]，星雨浣征袍。

【注释】

①丸都是集安古称，《历代诗人咏集安》出版后，掀起了吉林省地域性出版诗集的热潮。

纪辽东·飞歌鸭绿江
——为《纪辽东》征稿逾一千五百而作二首

一

鸿蒙地火破天开，神山圣水来。莽野流风更万象，文脉盛东垓。
剪鲸仗节定词牌，千秋解左猜。源发丸都载流派，雪浪叠云排。

二

喧阗鸭绿沸蒸霞，抟风向远涯。更纳百川舞新浪，灿烂煮江花。
蔺戈李剑未沉沙[①]，重磨护我家。千曲辽东千口唱。千古颤铜琶。

【注释】

①鸭绿江右岸出土了大量的文物。张福有先生研究的蔺相如青铜戈和阳安君青铜短剑是其中的两件。

纪辽东·《胜迹清吟》出版及“诗域吉林”初提

豆谷泱泱发浩源[①]，王石裹苍斓[②]。“法书”犹演丸都月，“清吟”又一斓[③]。　　引颈鸡林旭日东，阵阵和鸣雄。情如不竭天池水，瀑牵云外龙。

【注释】

①豆谷：经张福有先生考证即通沟河。也就是隋炀帝首开词之源《纪辽东》词里的丸都水。

②王石：即好太王碑。高句丽第十九代王记功碑。

③“法书”和“清吟”即蒋立华先生的《法书吟鉴》和《胜迹清吟》。两部书都提及好太王碑。

纪辽东·张福有先生携《纪辽东》登顶白云峰

白云峰上纪辽东，吟声自不同。撩起天边霞万道，幻彩共飞虹。　大荒绝顶信留踪，丸都一望中。苦旅新程听傲啸，虎步再生风。

纪辽东·松花石

择地修身怀独守，应候显真璆。天光直指江源好，涟漪石上流。　抟得绿云出晴岫，朵朵演绸缪。亿年东土隆文脉，今朝韵更稠。

纪辽东·松花砚

灵石从来出大东，娲女炼云红。江源有幸浮泠翠，更惊龙凤瞳①。
掬水天池化墨浓，滴滴润玲珑。寒烟眷处生新梦，提毫没远峰。

【注释】

①龙凤瞳：指龙眼、凤眼，是松花砚中奇品。

纪辽东·四朵心花贺延边州六十华诞

一

芳信天东雁翅裁，拱草褪寒霾。相思欲诉还商略，满山金达莱。　一束心香六秩稠，千里递边州。弯弯故国城头月，如梭织梦幽。

二

蝶引蜂牵惊姹姹，扇舞乱飞花。香氛暗郁期华诞，欲催长鼓挝。　　图水泱泱轻搠朵，故事老边多。先贤足迹云头响，每萦心底歌。

三

金晖初抹菊花黄，坛开老酒香。把盏相言耕野甸，汗碧海兰江。　　盘虹象帽洞箫旋，横斜醉步欢。州庆阶台云里架，风起竞秋千。

四

淞花烟集笼春信，江声柳上闻。欲孕新苞先裹素，鸡报绚晨暾。　　白衣胜雪情如是，飘飘紫塞飞。甲子轮回重送目，风采曳云围。

纪辽东·生态宜居城市珲春

迎面天东扑海风，长发任蓬松。飘飘甩直那谁眼，赧颜撩过鸿。　　为主为宾老幼同，和乐享怡融。笑声跌落花丛里，飞来小蜜蜂。

纪辽东·全省工业提速增效十强市珲春

四大方针谋十强[①]，提速驭龙骧。蹄腾云起虹鞭甩，海东追太阳。　　敢驾长风气自昂，霞朵佩胸膛。纵然前路弥霜雪，兼程不缓缰。

【注释】

①四大方针：大目标、大志向、大视野、大发展。

纪辽东·长吉图开发开放先导区的窗口珲春

长吉图窗一敞开，风自海东来。云襟振起晴烟雨，先登百仞台。　千里目张千里行，步步履青青。边陲神话泻银汉，月牙含笑听。

纪辽东·东北亚合作开发的桥头堡珲春

东北亚风盈满怀，天海揽无涯。金三角上桥头堡，伴鸥看浪排。　潮去潮来雨雪翻，礁石矗岿然。渔歌曲曲银帆舞，浴霞云水间。

纪辽东·珲林四题

一

第一缕光初照时，树杪最先知。添层膏雨添层绿，青霞合翠微。　大野风高启碧帏，交响乐轻回。林农军共春之舞，松花发故枝。

二

蔽野遮天草木深，秘密锁浓阴。鸟声婉转讲神话，分枝细细寻。　猪拱鸡刨睡老参，顿释好奇心。芝麻咒语无须唸，门开满地金。

三

何来异彩夺朝暾，天东炫目新。熠熠明珠谁擦亮，鸡塞育林人。　梧苍柏翠紫杉珍，浮岚弄夕曛。梦里殷勤采红豆，种与岭头云。

四

冻云开处透天光，林疏愈莽苍。豹猛鹿闲狍子傻，野雪撒欢狂。　　地球村是自由乡，融融享互帮。果是宣言争虎啸，幽谷应声长。

海龙吟·保钓随感

贼倭不散阴魂，正义升腾热血。托南飞雁，向长天横帖。　　钓鱼岛屹尊严，鸭绿江喧清澈。海疆边地，挂冰轮无缺。

海龙吟·为抗日救国而牺牲的海龙儿女而歌四首

一、赵玉仙[①]

南山坳里春深，红石砬头梦染。是梅花鹿，正穿林越堑。　　柔肩堪负风霜，折骨休迁信念。拥眠乡土，盖青青草毯。

【注释】

①赵玉仙：抗日游击队女交通员，人称梅花鹿。被捕拒降牺牲。

二、安荣卿、文静一[①]

双姝静好羞花，遍野狼烟生恨。一张书桌，竟安无平稳。　　复仇匕现寒光，明志玉焚香殒。化春泥处，看桃红李粉。

【注释】

①安荣卿、文静一：同窗金兰亦同校任教。抗日救国会成员，刺杀日寇被捕，双双遇难。

三、王仁斋[1]

蹄横草木呻吟，国难书生奔赴。别江南泪，更妻儿父母。　雪原抵死驱倭，乡月当空凝语。白山林海，听涛声如诉。

【注释】

①王仁斋：江苏籍，为抗日救国投笔从戎。率领抗联队伍转战白山松水间，为国捐躯。

四、王荫堂[1]

龙蛇狂草真魂，师范端严正气。直教倭贼，识中华人字。　生前德泽山城，身后名传故里。雪知松节，便年年添翠。

【注释】

①王荫堂：以办师范学校、擅书法闻名。因不为日寇办事、留墨而被害。

海龙吟·题梅河口船口

老榆树发枝条，荒野渡生渔火。几家船口，向梅津放舸。　地图标志留名，渚棹遍寻无果。抚今追昔，绕云团朵朵。

海龙吟·题李船口

百家姓者头排，老辈人焉后座。李家舢舨，共争流颠簸。　光阴欸乃轻摇，蛙鼓恍然勤播。柳河南岸，探层层烟弹。

海龙吟·与李船口主人向林公今古对话[①]

谁扶春雨初耕？谁扯蓑衣轻裹？五更鸡叫，听寒霾啼破。　　诸年鱼米多不？落照蒹葭美么？乌泱松水，话滔滔恁夥。

【注释】

①李船口：即位于原城南公社大榆树大队李船口村。《海龙县地名志》载："光绪初年开发，李向林在此开荒种地，因此屯位于大柳河岸边，每当汛期，李向林便从此处摆船送过往行人，故取名李船口。"

海龙吟·长白诗风

纪辽东曲犹新，谱海龙吟又唱。剪梅辉发，共长风引吭。　　莺啼柳荫垂帘，目送峰峦叠嶂。放歌流派，汇三江碧浪。

海龙吟·不咸山得真解

望文臆断讹传，籍典获知真解。子孙休再，患不咸重霭。　　承天今古开来，泽地江河澎湃。者般形胜，赖韶风炫彩。

海龙吟·长白山文化与鸭绿江文化研讨会召开

白山高耸脊梁，大泽深潜魂魄。几多情悃，为古今忧责。　　重磨斑驳剑戈，再抚峥嵘碑石。一江春汛，话滔滔澄碧。

海龙吟·中华诗词论坛成立十周年梅河口采风行

中华诗网纵横，南国熏风叆叇。大东挥帜，正开来一派。　春蚕默默丝盘，红豆鲜鲜梦采。苦心焉负？听龙吟煮海。

海龙吟·梅津试笔

翻飞衣袂牵霞，抖擞鸡冠发韵。八方云涌，向梅津列阵。　海龙吟曲留传，石刻摩崖未泯。白山符号，递千秋雁信。

海龙吟·《海龙吟》定谱有感呈张福有先生

龙吟河口波翻，海纳川流浪助。引经厘谱，到星光闪处。　驭风挟韵催征，策杖披榛探路。大荒忧责，振委蛇苦旅。

海龙吟·重阳日《海龙吟》书名题成

重阳高挂云宣，霜降轻匀符号。斗提风动，看松烟缭绕。　五花山叠霞笺，三水波翻辞藻。大荒回荡，是龙吟浩浩。

海龙吟·为梅河口采风放歌

原何暑气蒸腾？为有吟潮涌到。点燃心火，并边陲花草。　　几番河口情归，几载琴台梦绕。酒杯高举，碰骄阳满抱。

海龙吟·感梅集两地诗友情谊[1]

经年唱和心声，一帜邀来韵友。畅怀欢笑，更亲亲握手。　　鸡冠鸭水连吟，豆谷梅津合奏。梦牵魂绕，是依依辫柳。

【注释】

①梅河口、集安两地诗词组织互有往来，诗友间情谊深厚。

海龙吟·双兴乡山珍

望山不高无名，望水不长无浪。挑灯盘算，叩烟锅恁响。　　蘑菇木耳双兴，日子心情两旺。一坡黄土，被云霞彩帐。

海龙吟·石乐乡草药

杜鹃灿烂接霞，松柏森然盈抱。这边风景，看山中最好。　　沙沙梦里疏风，灼灼坡前百草。露浆时节，付蟾宫勤捣。

海龙吟·黑山头镇地瓜[1]

烧荒燎黑山头，得名争光河口。小人参誉，旺城乡商贸。　　衣红喷喷鲜浓，瓤白尝尝甜透。捋须谁乐，是农家老叟。

【注释】

①地瓜有小人参之誉。黑山头镇的宝山村以地瓜闻名。

海龙吟·小杨乡“两业”[1]

梅花馥郁鹿乡，稻菽丰饶榆塞。远消鼙鼓，是岗肥坡碧。　　多民族也和谐，大步伐兮同律。业兴财旺，正缸盈锅溢。

【注释】

①小杨乡是多民族聚居乡，以养殖业和种植业为主。曾是辽金时期的古战场，有九岗十八坡之说。相传有九缸十八锅的金银财宝。

海龙吟·梅河口酒业

乳山汩涌溪泉，奶酒传扬字号。灶头初垒，贡皇家夸好。　　穴藏古酿百年，誉赞高粱老窖。未斟杯满，就闻香醉了。

海龙吟·梅河口药业

四环三力腾飞[1]，弘美丰生崛起[2]。臼旋灵杵，炼金炉烟紫。　　园区柳暗花明，愿景云蒸霞蔚。玉壶昭彻，鉴良心无愧。

【注释】

①三力：指“产品为原动力，营销为牵引力，经营为推动力”，使四环制药成为最具市场竞争力的中国制药企业。

②弘美丰生：指弘美和丰生制药工业园，是行业后起之秀，前景光明。

海龙吟·参观归晚宿梅河口宾馆无眠

风光郁郁怡神，经济蒸蒸胜意。履迟归晚，向烟窗独倚。　幽深河口霓虹，涂抹笺边草字。许将情借，那清辉如水。

海龙吟·梅河口吟别

沉沉脚步轻挪，脉脉心声劲跳。与君相约，赋梅津新貌。　已然痴为诗因，不了情归云杪。再望河口，漫烟波渺渺。

海龙吟·梅河口百货纺织品总公司

凤凰浴火重生，树木逢春新绿。煮情焚雪，看风流谁属。　来仪商贸隆兴，还领物流提速。舞翩翩起，伴霞边神曲。

海龙吟·梅河口金松食品

光鲜满子商标，荣耀白山门户。远邦邻国，听纷纷赞语。　仁心优质从来，大业铁肩凭负。傲然龙首，驭长风和煦。

双红豆·吴大澂戍边记吟二首

一

龙象形，虎象形。不废天东铁骨撑，煌煌籀石凭。　劝农耕，也躬耕。清乐乡听蛙鼓鸣，风梳柳色青。

二

土字牌，怕字牌。犹向长空敞素怀，冰河瘴雾开。　风涌来，潮涌来。万杆金桅云里排，碧波含旧哀。

一剪梅·秋游曹家沟

野色撩人款步游，紫蝶来俦，红叶相留。那边林鸟唤啁啾，心绕山头，情漫溪流。　哪缕香炊暖客愁？抚石凝眸，极目苍丘。葳蕤深处一潭幽，泉洌千秋，云淡无忧。

行香子·看梅河口中心医院女子队列表演有寄

裙舞霞蒸，脚踏云轻。木兰阵，分外娉婷。铿锵十字，任凭纵横。赞步姿雄，英姿美，女儿能。　　柳叶刀青，无影灯明。传河口，百姓扬名。风中一帜，又举新程。正势如荼，情如火，燎天晴。

喝火令·梅河口市特警队列演练观后

挟势同狮跃，连肩共虎奔。掌劈拳砸力千钧。熠熠警徽头顶，不许落纤尘。　　铁血缘真爱，情怀漫出云。吼声天外听精神。喝散阴霾，喝散贼之魂。喝散百家忧患，河口驻阳春。

临江仙·为付国安先生捐献祖谱并谒祭长白山题吟

喷薄紫烟云出岫，轻翻犹觉沉雄。已然远去旧时空。摩挲凉月色，知否小窗红？　　恭立圣山飞素雪，苍苍两鬓霜风。生生相衍总能逢。直如松树子，哔剥大荒中。

临江仙·赠长白山池南区曹树清书记

饮涧扶云巡奥壤，躬身莫论谁雄。心思托付雁排空。蓝图裁白雪，透出杜鹃红。　　月缺月圆抟梦绮，翩然带水襟风。牵今携古闼门逢。披霞人共峙，一十六峰中。

诉衷情·关东诗阵十年感怀

青枝蘸露植成椿，撑翠盖如云。幽蹊芳屧生处，还继迹、百年人。听飒飒，未衔樽，已微醺。叶般飘落，也化香泥，培护深根。

菩萨蛮·纳兰性德诞辰三百六十周年

耽吟清卷何曾别，流云捧出天东月。江柳绾青丝，大荒山祭时①。多情非浪得，争肯尘烟隔。汇派百川潮，春波兴不消。

【注释】

①康熙二十一年（1682年）二月十五，康熙一行由北京出发，纳兰性德此行扈从，于三月二十五在松花江岸举行了望祭长白山等仪式。

踏莎行·轮椅上的“夸父”孙挺进

追大荒风，搏东陲雨。山高水远披榛去。辙痕碾过绿痕生，踏莎行到云深处。　　卧雪松花，彰谁肺腑？春秋几度裁金缕。咸池跳日缀鸿篇，三江浪澈晴寒雾。

临江仙·秋晚与诗友赴临江白山绿水之约

欲雪边城花尚好，聚来画水描山。茫茫大野起苍烟。耽情莫笑，冷了八珍盘①。　　知己逢时开霁岫，新澜漫涌狂澜。波光峦彩总缠绵。风倾雨诉，岁岁付幽弦。

【注释】

①因研讨会热烈而忘时，主持人蒋力华先生笑曰：一个群团组织的学术研讨会竟贪晌了！

临江仙·长白岳桦颂致张福有先生六十初度

相许白头情益笃，荫余莽野荒更。天东守望共涛鸣。素怀风漫遣，万壑荡回声。　　休问春秋多寂寞，且听清角连营。荣枯峰顶自心平。冥冥知造化，君为此山生！

喝火令·读吴文昌先生诗集①

紫墨洇三朵，幽幽散异香。涟涟清气漫池塘。浣得那团云白，入梦也绵长。　　剪破红尘雾，涂匀翠盖霜。抱风攒露举莲房。俯仰乾坤，俯仰饮沧浪。俯仰荻苍鸥远，依旧水中央。

【注释】

①吴文昌，别署临清居士。出版诗集《临清集》《心远集》《俯仰集》。

南楼令·依高士奇过夜黑河见梨花韵记张福有先生辉南采风破解史谜佳话

鬓角渐霜稠，时光逐水流。捧丹心、付与春秋。山韵经年思未罢[1]，辉发又，探无休。　　望月几凭楼，灵机一闪头。眺龙岗、曙色霞篝。“夜黑”原曾通叶赫[2]。谜破解[3]，史书留。

【注释】

①山韵：指张福有辑笺之《长白山诗词选》。

②“夜黑”：黑，读hè。

③张师福有在1998年辑笺《长白山诗词选》时，尚未明“夜黑河”为哪条河，苦思多年。在辉南采风诗词创作中于某日凌晨顿悟。复细审《扈从东巡日录》，得出“夜黑河”即叶赫河；“灰法”即辉发（今日之辉南）之结论。

南楼令·读清康熙东巡诗词记辉南采风事[1]

北敞帝王怀，东巡御阵排。早春行、踏破残霾。七颗明珠今又灿，龙湾翥，耀边垓。　　解意养根斋[2]，倾心澄玉台。泼仙壶、醉拨云开。每每笑谈“天黑了”[3]，非俚语，却原来。

【注释】

①清康熙二十一年（1682），康熙东巡吉林，二月十五从北京出发，

三月二十五到达吉林，曾到过“灰法”即今日之辉南。载高士奇《扈从东巡日录》中。存诗词数首。

②养根斋：张福有书房题名。

③“天黑（hè）了”：原来都笑谈为僻乡土语，殊不知是“皇家”语也。

水调歌头·关东诗阵掀起长白山和雪域高原诗潮

才咏白山魄，又颂圣山魂。云边诗路迤逦，步步抖精神。十六峰头放焰，屋脊祥光曳紫，入梦总缤纷。蕴秀怀霜月，青简雪莲痕。　　天池砚，松笔阵，卷龙奔。莽原性野风劲，击节唱殷殷。虹贯神奇地貌，霞拥人民公仆，飚韵彻乾坤。谁举吟旌起，极地牧阳春。

宴清都·《长白山池南撷韵》付梓

戊子书天阵。山盟赴，迤逦南麓情悃。池凝玉碧，松依桦绿，门蒸龙衮，洪荒图画霞喷。共唱和、清秋雁信。岁稔时，集锦古韵、今韵、续韵、心韵。　　古韵、大吕千秋；今韵、十六峰头虹衬。百年续韵，续韵、阕阕尽呕心韵。韦编已然告竣，雪瑞处、梅香暗蕴。试听取，絮语横窗，悄传春讯。

忆江南·图们江放歌十四韵

一

歌图水，筝理醉犹酣。雁拄斜斜风翙翙，凤池湛湛柳毵毵。飞玉溅冰函。

二

烟筒耸[①]，云白拟烟飘。喟叹边城美啧啧，嘎呀图水汇滔滔。回望晚霞烧。

【注释】

①烟囱：指烟筒峰，是图们境内的第一高峰。

三

多璀璨，边塞赞明珠。每忆艾蒿荒甸子[①]，常飘蓬伞老冰蜍。百里夕烟孤。

【注释】

①图们市早年叫“艾蒿甸子”。

四

望异国，凌顶日光山。为有春风先度我，劝匀花信那边传。同顶一方天。

五

贪米酒，邀月舞微醺。绵爽三天香留齿，高酣一醉梦牵春。身带杏花痕。

六

寻遗址，荒草没尘靴。野岭委蛇盘古道，边村垂柳掩颓坡。隔树望松窝。

七

村野伫，凝目费猜疑。竖八横三排石阵，四时五晌拢烟迷。谁解这盘棋？

八

听呗唱，松杪扫莲台。水月居中禅月永，日光山上佛光开。灌顶醒尘埃。

九

桥断处，怒火炼红江。贫弱已然成逝水，富强莫忘固边防。举目看龙骧。

十

栖小镇，月色恁朦胧。苫草房中温旧梦，格花窗上扑松风。老磨碾新踪。

十一

晴空好，叵耐为情囚。春醴绮怀何了了，秋千彩索系悠悠。荡去几多愁。

十二

双木雁[①]，交颈百年赊。礼敬宗亲施款款，嫁妆云锦叠些些。嗔赧月笼纱。

【注释】

①双木雁：朝鲜族青年男女结婚时，木雕大雁是必备的礼物，以期白头偕老。

十三

归婚礼[①]，执手爱为凭。真爱保鲜成挚爱，爱情到老是亲情。还订再生盟。

【注释】

①归婚礼是朝鲜族老人结婚六十年的庆典，十分隆重。

十四

情未了，明月上高岑。水调歌头还叠浪，大江东去又横琴。风里敞春襟。

相见欢·题龙头湖诗墙

绿揉山水模糊，访龙湖。掀浪龙头龙口吐龙珠。　　嵌金壁，壁流赤，演河图。活水汤汤苍野发春株。

诉衷情·夜读吴公禄贞诗作有感

那时明月那时霜，齐演小东窗。看谁纵马边塞，证祖迹、靖天光。　刀作笔，墨流芳，版图匡。百年心曲，续响云筝，千古泱泱。

浣溪沙·芦荡晴光

湛湛秋晴泊哪湾，笸箩湖并蓼花滩。奈何雁影断辽天。　情苦今生凝白露，眉颦彼岸抹轻烟。伊人独伫水云间。

浣溪沙·图们江通海复航二十年致贺

图水春潮东海翻，苍茫不似旧时烟，渔歌商贾动云喧。　银浪接天抟旭日，金桅破霭挂龙幡。好风驶得万年船。

醉花阴·东丰农民画之女人印象

红脸蛋儿眉眼秀，刘海儿齐绺。衣裤恁花梢，难掩柔腴、丰乳崩衣扣。　笸箩放下田塍走，闲了秧歌扭。二嫂喊三姑，拉话墙头、遍数鸡鹅狗。

鹊桥仙·东丰农民画之男人印象

大棉袄拥，二棉裤扎，忽扇狗皮棉帽。与牛较劲敢应真，比憨实、谁人叫号？　炕头盘算，地头忙活，还伏案头学报。时髦讯息抢先占，拍腰里、钱包鼓好。

卜算子·东丰农民画之色彩印象

也透麦梢黄，也透茄花紫。也透悠悠果木香，绿淌盈河水。　不与彩虹争，偏共情怀绮。老柞沙沙画远天，一朵霞轻缀。

踏莎行·东丰农民画之旧物印象

一挂悠车，一团麻线，炕头盘腿裁鞋面。千层底厚纳针针，千山走过回眸看。　换了时空，还飞莺燕，檐间旧垒寻难见。娘亲仿佛画中来，乳名听又声声唤。

江梅引·谒金刚寺写给黄龙府三位非常女儿①

三株仙苑不凋梅，倚云开，拂尘来。冰魂雪魄，禅意驻心台。柔骨偏偏生乱世，围净土，金刚寺，香沁谁。　相知最是晶莹蕊，拜谒时，清秋里。几声绿绮，弹拨得、花落花飞。屧响虚庭，松露每沾衣。梵呗空幽听晚唱，启心隙，有天风，缓缓吹。

【注释】

①金刚寺是黄龙府女儿宋永珍（法号定海）于1932年募化筹建的。黄龙府女儿闫慕昭创办了农安第一所男女生合校的伏龙泉学校。因拒绝伪满的奴化教育而削发为尼。黄龙府女儿刘义贞女史是享誉全国的著名书法家，为当时即将竣工的金刚寺题壁：佛光普照。

江梅引·农安采风创作中逢中秋

中秋诗话煮盐梅。老坛开，酒香来。芍药西瓜，携韵上琴台。漫展吟笺还记得，黄龙府，犀杯举，醉了谁。　　大蓟小蓟谢红蕊。白头翁，夕阳里，染霞成绮。向荒野、且逐风飞。更舞天涯，嗣岁着春衣。念念波罗湖眺远，衔芦管，对苍茫，断续吹。

大江东去·杨靖宇将军殉国七十周年祭

三江浩荡，念将军、入耳如歌如诉。岁岁此时松写意，更遣雪来堆素。国难临肩，挺身似岳，铁志驱贼虏。关东沃血，杜鹃红透寒渚。　　苦旅告慰英灵：豆谷声中[①]，迤逦山盟赴；老井寻源还活水，问顶圆虹谁遇？一曲辽东，丸都月晓，且共忠魂舞。环眸莽野，青青边草情愫。

【注释】

①豆谷：即通沟河，集安的母亲河。《历代诗人咏集安》引领了关东诗阵一系列采风活动。这是和平年代以诗证史、告慰先贤的好举措。

宴清都·题图有寄

太白冬吟录。凝神处、正是银妆南麓。梦难成幻、诗难畅意、画难横幅，仙人醉也瞠目。幸有那、多情鸭绿，夸岁寒、唱响山曲、云曲、恋曲、春曲。　　山曲、共振群峦；云曲、且挂崖前双瀑。松桦恋曲，恋曲、涌动大荒春曲。心讴素笺重续，担忧责、薪承草木。聚影来，雪柳凇花，天昭志笃。

凤凰台上忆吹箫·满乡颁金节抒怀

伊水鸣琴，孤山揖客，七星煮沸流霞。趁小阳春好，理鬓簪花。贪看光鲜旗服，行复止、曼妙雍华。回思绪，声声耳畔，画鼓频挝。　　狼牙，扯风嚼日，千万里乡关，几点寒鸦。幸俊雄层出，还世清嘉。到底盘根延脉，春藤上、连蒂如瓜。凌高处，冰心共轮，月满天涯。

一剪梅引·大龙湾春情

轻烟淡抹眉间妩，颦起流波西子同。风过云笼，雨过纱笼。恪守天真独秀中，幽怀碧透接长空。神自从容，态自雍容。　　惊鸿一瞥曾经顾，便惹相思岁岁浓。望月朦胧，望水朦胧。情比龙湾深几重，心焚遍野杜鹃红。朝也丛丛，暮也丛丛。

一剪梅引·响水河夏语

时晴时雨时弥雾，许是神龙畅我行。不驻廊亭，留梦廊亭。曲栈林间树裹藤，柳丝牵袂走还停。鸟语青青，松籁青青。　　慢移莲步履幽谷，响水河弹云外筝。韵也空灵，心也空灵。十二桥头待月横，清凉掬面说年轻①。顾影娉婷，相看娉婷。

【注释】

①传说：从前有一樵夫晚上回到家，樵妇见是一年轻英俊后生并不认识。樵夫回想起在响水河洗了几把脸。樵夫第二天早起，不见了樵妇，跑到响水河边，却看到一女婴。

一剪梅引·芦花岛秋恋

伊人采采水之湄，望月亭前捧露卮。晴兑霞晖，雨酿兰滋。一任清风抻薄衣，还提裙角拂涟漪。身远尘灰，心绝尘灰。　　秋寒独立最相知，廊曲波弯也溯洄。恨见迟迟，恨别依依。浮岛纵然无固基，情如磐石不漂移。苍鹭飞时，芦雪痴谁？

一剪梅引·吊水壶冬韵

凭谁到此也瞠睚，恁是仙人也发呆。一叹乖乖，再叹危哉！怎个银河落九垓？翻云涌雾阂门开。散了阴霾，壮了情怀。　　从今不许委形骸，悟透尘心在玉台。劳汝何猜，莫费疑猜：吊水独歌喷雪崖，壶中天地任编排。放眼皑皑，唱和喈喈。

贺新郎·读剑气轩主《虎啸集》

不是悲秋客。倚窗前、几番掩卷，几番垂泣。为有风回惊虎啸，炸响心头霹雳。花雨里、缤纷堪拾。瓣瓣芬芳犹未减，想当时怎个萧萧笔。磨瘦骨，欲穿石。　　浮生休怅多孤寂。揽苍茫、山高水远，可传鱼尺。雪白霞红情依旧，翻涌三江澄碧。淘古韵、同濡一脉。薄袖盈寒斟菊酒，小女儿艾怨轻轻掷。排雁字，抒心臆。

【题解】

剑气轩主是聂德祥先生的网名。与聂先生论坛上鲜有交流，关东采风活动时见过二三次也只是礼节性问候。获赠《虎啸集》后，先翻阅附录，以期些许信息。渐渐地，一个为真善美呼号讴歌的人走近了我。当读到曲荣恩老师的《弱冠仗剑 疾风劲草》时，情不自禁泪盈双眸。复读卷中诗词，“苦吟人”心中汩汩流淌的人性光辉、理想光芒、家国情怀……更是令我泪透手帕。感谢作者，在滚滚红尘中还坚守着这份纯真；感谢作者，芳香的文字让我心生柔软，干涸的泪囊重又湿润；感谢作者，与我作了一次心灵的对话。哦，原来我们都“初心未失”；感谢作者，在这个落花与西风飘萧的秋季，让我不再为闲愁纠结伤怀。大音稀声，唯以灵魂倾听灵魂才谙其啸之真谛！

生查子·民主草库伦遗址出土孔雀蓝陶釉随想

君生我未生，忍顾知憔悴。月下独徘徊，孔雀幽蓝对。　　我生君老耶，焉更将身碎？约共化春泥，塑个同生契。

玉甸凉·向海吟潮

翻雪喧阗，堆云叆叇。复茫茫，更浪浪、共情澎湃。漫过心头犹可可，还上眉梢匀黛。推縠银滩，回声芳渚，新涨湖光浮彩。鱼凫唼喋，漾重漪、斜出小舟欸乃。　大泽昭源，苍波向海。松漠风，卷文澜、汤汤汇派。芦笛衔思倾玉甸，吹彻泠泠清籁。鸥鸟低旋，非耽顾影，且顾佳人闲态。凝立烟涛，水之湄、并与蒹葭采采。

浣溪沙·集安市楹联学会成立[1]

素裹犹怜雪柳新，飞花令报小阳春。马蹄韵急古城根[2]。　一帜飘霞开阵仗，众声喝驾掣风云。腾骧路上正铺银。

【注释】

①2017年11月27日，集安市楹联学会成立。

②马蹄韵：是楹联的标准格式。

画堂春·早春访顾林画室

堆云楼角古城东，轻分柳线望中。早闻襟曳半江风，翩若惊鸿。　溪畔相呼浣女，山前独坐听松。迷情共醉蝶和蜂，潜入花丛。

点绛唇·通天酒业与诗友品葡萄酒

轻举荷杯，闻香已醉何堪饮。啜唇将品，甘洌心头沁。　诗话通天，莫笑疏狂甚。撩霞衽，好风凭赁，抟得云儿锦。

一剪梅引·仲夏黄昏游集安荷花湖

丸都仲夏绿酕醄，许我寻幽不远郊。东郭池边，夕照林梢。点点新萍期好梦，行行细柳秀蛮腰。扑面清风，曳履虹桥。　双池端静复妖娆，好似佳人大小乔。初看丰姿，再叹多娇。身避一隅求乐趣，水澄无欲洗尘嚣。裁剪缃荷，缝补青袍。

一剪梅引·历史文化名城集安走笔

声名远播小江南，异彩纷呈万象涵。笔瘦难拈，恋苦偏担。懵懂时空分雾紫，扶疏林隙识天蓝。古迹新探，民俗争谙。　词源漫溯驾龙骖，文脉传承雄不咸。往矣何堪，今以诗谙。五女峰头岚渺渺，七星桥畔柳毵毵。来客情添，别梦心眈。

一剪梅引·集安怀古之遗迹清吟

鸭江水碧蒸红日，永浴天东第一碑[①]。好太王威，角砾岩垂。金字塔传惊伟奇[②]，龙山脊挺托崔嵬，故国依依，芳草萋萋。　　老城墙上摩苔迹，点将台前听鼓鼙[③]。剪取霞晖，驱散妖迷。豆谷东原古址遗[④]，梨花已化雪花归。顾目寻蹊，酹酒伤思。

【注释】

①天东第一碑：指好太王碑。是高句丽第十九代王好太王的记功碑。其特殊的坐标朝向使碑身都能受到日月光辉的照射。

②金字塔：指将军坟，号称东方金字塔。是高句丽第二十代王长寿王的回葬陵。其形状似古埃及金字塔。

③点将台：即古瞭望台。高句丽时期丸都山城内一处石筑军事设施。

④豆谷东原：即通沟河东岸琉璃明王陵下面的梨树园子遗址。张福有先生根据豆谷即通沟古地名解读及出土文物考证，此为豆谷离宫所在地 。

一剪梅引・梦中

天边明月幻朦胧，尉那岩头紫雾浓。轻拭星瞳，悄探仙踪。饮马湾前隋帝逢[①]，征衣霜重染雕弓。绺挽青松，缨曳红枫。　　丸都凯捷驾长风，弹铗清歌贯彩虹。唱《纪辽东》，宴洛阳宫[②]。文脉千年今愈隆，吟鞭甩处裂时空。梦剪梅衷，醒叠笺中。

【注释】

①饮马湾：古高句丽丸都山城里一处遗址。

②《纪辽东》是隋炀帝征高句丽凯旋时所填。其中有“清歌凯捷丸都水，归宴洛阳宫”句。经张福有先生考订为词之源头。早于中、晚唐。

蝶恋花·幻游益盛药业中草药种植基地

山雾撩开惊阆苑。枝叶葳蕤，凝露抟珠串。楚楚灵芝撑小伞，婷婷百合擎香盏。　参鸟情歌真婉转。争赞神农，药垄抻云远。杖履难量思可遣，藤萝解意牵衣襻。

沁园春·集安益盛药业[①]

绿色资源，红色生命，蓝色海天。正牵情一帜，竖龙山顶；夺虹三彩，横闼门前。朝揽晴阳，夕怀明月，气象凭谁慨万千？沉吟罢，数从头往事，思绪绵绵。　大锅两口初安，熬霜雪、趁时春水煎。看仙宫药杵，捣香芝草；老君炉火，炼妙丹丸。峰耸精魂，仁施黎庶，能不张帆云外悬。名鹊起，更传扬风里，灿烂霞边。

【注释】

①益盛药业坐落在龙山山脉。由绿、红、蓝组成的旗帜是企业标识。

采桑子·送春联下乡

深深曲曲银沟碾，曳落凇花。拂过枝丫，几缕烟炊远近斜。　新桃一换曈曈日，春到千家。醉话桑麻，撸袖挥来半岭霞。

清平乐·集安板栗

瑶台玛瑙，遗落丸都了。接踵客来惊叹道：又大又多还好。　　簪花缀果丰姿，霜风鼓动相思。破壳真心能许，在那枫叶红时。

菩萨蛮·集安林蛙油

水湄阁阁山阿憩，堪怜肚大脂膏腻。散似雪莲花，婆娑凝露华。　　养元凭折桂，赠礼呈祥瑞。留梦在林泉，松桦肩并肩。

水调歌头·鸭绿江咸鸭蛋

水暖鸭先识，饱腹是鱼虾。闲闲浪逗波戏，浣得羽毛华。岸草丛中拾蛋，蛋壳浅匀江色，个大更嗟呀。嘎嘎欢歌起，一棹半天霞。　　藏绮梦，瓮坛里，浸盐花。醒时斗转，鲜美南北万千家。青白黄红营养，老幼舌尖滋味，都向个中赊。鸭蛋鸭江产，领誉海之涯。

菩萨蛮·丁香花

垂垂紫穗怜纤软，笼香凝雾轻还浅。幽怨旧时光，罥烟眉上长。　　绾风多悱恻，凭雨凋颜色。飒飒站成秋，娟娟不结愁。

喝火令·雪中回望

独往弥思绪，轻飏漫浴身。几时新霁透冬云？蹀躞不曾知晓，已是近黄昏。　　鬓冷惊花白，眸回闪梦真。莽原深浅履留痕。一路蜿蜒，一路绝纤尘。一路北风吹也，步步去追春。

踏莎行·与同学访王家平度假种植山庄

春雨廉纤，春岚缥缈，蜿蜒深处桃源好。南岗嘟噜紫葡萄，北坡摇曳神仙草。　　墙倚闲锄，檐归倦鸟，尘埃抖净山居笑。菊花招手矮篱时，再来煮酒连瓢舀。

虞美人·微雨初霁游香莲墅见池中子午莲

悠悠月亮船边睡，醒就披霞帔。波纹潋滟正梳妆，模样清纯楚楚散芬芳。　　雨花点点青鬟罥，人与莲休辨。相怜无语落肩轻，一只红头银翅小蜻蜓。

诉衷情·金龙湾度假村小住

白墙红瓦矮篱笆，门敞进农家。炕头盘腿围坐，话不尽、酒诗茶。　　黄玉米，绿丝瓜，紫茄花。舌尖滋味，梦里狐仙，闹醒朝霞。

清平乐·沿江村地头吃香瓜

香飘何处，接踵人来聚。扑奔江沿瓜地去，哪个斯文还顾。　　脆甜满口生津，掂量大小惊嗔。土好民勤天眷，年年畦畹回春。

沁园春·虎湾线访古

大茂山邀，卒本川呼，花曲柳迎。正龙冈笼雾，乍晴乍雨；虎湾点指，时走时停。赤柏松苍，土珠子异，古墓群前叹有声。心潮起，借莽林怪石，掩映前行。　　休哀草木枯荣，个中事来人自著评。看凸凹丘谷，几番兴替；古今城堞，不复峥嵘。天外流云，江边听浪，凝立诗人更湿情。收花伞，任纤霖拂我，两鬓星星。

浣溪沙·龙潭区双瑞太空种子种植园

筷子插根都发芽，多情人更复谁耶。迎回天外客安家。　　掩架枝藤怀大月，分畦蔬果绽新葩。思连莽野舞青纱。

浣溪沙·参观龙潭区博物馆留吟

秋叶飘时觅老根，风干记忆共情喷。般般旧物未蒙尘。　　多彩多姿多个性，一山一水一方人。龙潭掀起半天云。

卜算子·到访官地南山遗址

衣角扯藤萝，难阻人来到。石器千年在此磨，耕种春天早。　台地向阳坡，默默摇霜草。松籽随风落土中，陪伴黄花好。

卜算子·江密峰镇之皇宫贡品山里红

不是荔枝来，看绝黄沙后。华衮金钗抿舌尖，真个酸甜透。　一颗念成痴，老树连坡抖。白了头时谢了春，红了相思豆。

宴清都·鸭绿江冬韵

恰似青龙浴，撩银帐、跃出重岩深谷。雪花妆野，凇花堆岸，浪花惊目。汤汤浩浩何速？听故水、归怀鸭绿。交响中、多少乡曲、心曲、恋曲、春曲。　乡曲，漫上云端；心曲，律动难扪扑扑。边陲恋曲，恋曲，拍合丸都春曲。曾经凯捷倾斛，看谁个、沧浪犹掬。翠墨溶，缭绕松烟，洇霞篆旭。

沁园春·集安早市

百果千蔬，精肉新粮，板栗地瓜。正车攉篓挤，姑寻叟问；掏钱掂个，意称言夸。域外时鲜，江边鸭蛋，扑刺肥鱼蹦活虾。流眸转、见青苔红布，娇裹参娃。　　晨光梳透枝丫，又嗔那炊香拦返家。爱高丽拌菜，调些辣子；打糕盛碟，黏满芝麻。米酒提壶，乡情浸蜜，袭上眉梢攒朵霞。前邻遇、话悠悠岁月，笑也呱呱。

钗头凤·用马凯同志元玉记丸都山城野餐

岚翻袖，莺成奏，堞荒城易青苔叩。梨涡对，桃腮配。倚墙留影，杜鹃红蔚。美！美！美！　　芝兰友，壶天酒，古今奇事津津口。春阴贵，藏笺内。野香弥远，砸吧滋味。醉！醉！醉！

卜算子·西江米业稻田

星汉翥西江，江甸珍珠跳。能不从春盼到秋，金浪翻云杪。　　御贡百年前，渠水犹欢笑。畦陌纵横紫陌长，征雁霜天邈。

浣溪沙·晨鹿

漫泻华光透翠屏，柔纱撩起看精灵。若何浑忘食芝苹？　　满背梅花风未扫，没蹄浅草露初凝。呦呦引客听清鸣。

西江月·冬日与诗友登大禹山感事

冻雀已添萧瑟，梨花未掩嶙峋。相扶趔趄笑天真，蹀躞趋前需稳。　　山路迷蒙多雾，脚窝深浅无尘。几重岭外现晴云，伴啸旋飞鹰隼。

踏莎行·冰凌花

料峭添姿，孤清入髓，野风先坼星星蕊。娇矜殊绝敢吹弹，嫩黄颜色涵晴霁。　　擎盏衔冰，遣春为使，可怜低到尘埃里。薄凉更甚雪欺心，凋时不见青眸递。

沁园春·游通化瑞璟松花石展厅

俯仰奇观，探海神龙，呖鹤九垓。更河龟泅渡，驼回福禄；貔貅生瑞，避去凶灾。仙子吹箫，弥陀腆肚，情态殊伦俗眼开。霞烧处，见娲皇炼石，斜鬓瑶钗。　　腾腾紫气东来，顺天意、齐云设砚台。讶雪填碧髓，松融翠魄；杜鹃花簇，奥壤风裁。清帝留吟，曹公遗梦，长袂飘岚我快哉。先同醉，再同吟同梦，同放形骸。

沁园春·壹号庄园

紫气氤氲，楼馆参差，在水一方。憩森林木屋，狐仙入梦；英伦古堡，王子游缰。月亮门偎，仙人洞探，画舸推波伴鹤翔。天桥上，渡情人相拥，百合花香。　　风车春信收将，折痕复、摩挲枫染霜。到凇花扫去，郁胸块垒；雪圈玩转，野趣癫狂。聚饮村醪，点燃篝火。美食笙歌夜未央。迷离处，那娉婷雾柳，悄理新妆。

满庭芳·省诗词学会成立卅周年

似梦缤纷，如情浪漫，接霞芳野铺诗。聚贤松苑，华彩正当时。料是风中玉树，伸枝叶、拟浣花题。历三秩，风侵雨劫，猎猎引征旗。　　浓阴撑翠盖，莺声苦短，春色长期。大荒谐邹律，郁郁菲菲。十六峰排阊阖，流派曲、共瀑虹飞。凝烟岫，白云吐蕾，蓬勃复岿巍。

千秋岁·怀念耐寂轩主老师

夏愁萦系，复又中秋矣。怜瘦柳，回风袂。斑斑翻旧忆，了了无新字。寒蛩咽，中宵断续声声碎。　　今夕赊来醉，未遣凭栏意。谁琢璞？天庭里，玉尘扬宇外，化作流星坠。霜笺展，清辉泼处凉如水。

沁园春·走近集安佳信通用机械有限公司

隐菊东篱，去雁南天，已是初冬。看心花盈抱，园区分梦；芹泥叠履，佳信留踪。欲雪还晴，小春尚好，扑面依稀杨柳风。迷情也，更疏狂难抑，漫起葱茏。　　蒸蒸旭日当空，转楼宇、机床称意红。叹滚筒中外，同行点赞；“吉”牌方正[①]，异彩争崇。大业多骄，高台几跃，一岁重阳两度逢。休辜负，这黄花酒愿，凌步云峰。

【注释】

①滚筒的注册商标是“吉”字。

浣溪沙·夏季看杨木林镇间种贝母玉米长势戏题

春睡未醒娇若娃，更谁连臂拢青纱？两情相悦不需赊。　　种子一朝亲沃土，儿孙五代揖阿爷[①]。酒壶烫热唠农家。

【注释】

①贝母一次播种能连续五年收获。

鹊桥仙·采风途中就诊东丰中医院

衔苹灵鹿，回春妙手，同聚清华者处。诗肠叹不敌人情，那般热、颓然伤暑。　　杏林垂荫，银针度厄，重焕精神楚楚。漫涂仁术上吟笺，更商略、云霞作赋。

鹧鸪天·访龙头诗社赠刘振翔兄①

漫理冰弦横道河，鹧鸪一曲听谁哦①？皴湖淼淼吟缘证，挥手匆匆柳线搓。　《阡陌集》②，艳阳歌，兼程迤逦上高坡。茧花已共诗花艳，犹把芳锄蘸露磨。

【注释】

①与东丰县横道河镇刘振翔兄素昧平生，但刘兄记住了我几年前写的《鹧鸪天·龙岗采山》，并借此相认。

②刘兄有诗集《阡陌集》出版。

鹧鸪天·龙岗采山

一路琴弹响水河，龙岗雾涮小轻靴。篮提鸟语啁啾啭，调甩花腔呀拉唆。　寻树下，觅山坡，相嗔你比我多么？金风抹亮幽潭镜，照见甜甜俩酒窝。

纪辽东·诗履寻踪六十首并序

为纪念先贤刘建封诞辰一百五十周年，吾重读《百年苦旅》，卷中刘建封、张福有两公诗履峥嵘，遂萌生寻踪吟咏之念。词按《纪辽东》诸格填就，或由两公诗句生发，或由卷中一事一景联想，或咏叹苦旅今昔以诗证史的“长白山人”，或颂赞诗域吉林、长白山诗词流派……限于水平，拙就续貂，供方家一哂。

一

辽东第一佳山水，留到于今我命名。

——刘建封

踏勘百年珍纪咏，沿公足迹又成行。

——张福有

亘代鸿蒙一柱擎，缭绕白云生。雪中红杜鹃开了，池边钓叟迎。　怎个渊源今古情，来赴大荒盟。倾樽还酹峰排队，看谁重点名。

二

十日登山九日雨，踏残靰鞡两三双。

——刘建封

帐篷一扎眠天下，夜半时分雹打窗。

——张福有

一霎晴天一霎霾，神秘费心猜。须临险处揽风景，雄奇扑入怀。　虎背平常敢晒鞋，山梦聚朋侪。蓬蓬声响疑那是，刘公携酒来。

三

十六峰头如不见，白云濯濯似牛山。

——刘建封

登临忽觉天开眼，池覆坚冰水赋闲。

——张福有

名拟象形浑不差，仰止白云遮。凉风起处怜孤隼，异乡披雪纱。　天眼因谁不眨巴，继踵步当车。掬来春水融冰砚，暖毫开碧花。

四

愿看白山真面目，乞晴还得拜龙君。

——刘建封

天缘自信从来好，奇迹频生鲜有闻。

——张福有

池里闻传怪物藏，可是老龙王？须虬角硕阴晴管，随心性做狂。　长白山人自秉阳，行动领天光。缘由情笃神仙佑，躬身垦大荒。

五

欲到天池先患雾，入时不易出尤难。

——刘建封

心明何惧烟遮目，世事不妨如是观。

——张福有

恰似美人纱袖笼，款款掩真容。天风卷起惊魂影，翩然入梦中。　堆起相思十六峰，个个白头翁。凝蓝敛翠环成抱，岁长情更浓。

六

看罢归来回首顾，白云依旧白云封。

——刘建封

身心恍住大荒顶，梦入仙乡恋桦松。

——张福有

欲访云根指竣岑，近陌次登临。大荒山已种红豆，经霜色更深。　　瀑做冰弦情不禁，诗域指鸡林。引吭缕缕霞光翥，三江共放吟。

七

闲花点点绕龙尾，野草深深打马头。

——刘建封

入夜听涛梯水畔，星光淹尽雨飕飕。

——张福有

人穿花走袖翻烟，风分草两边。绿腻香凝马蹄滑，缓辔自垂鞭。　　妖娆厄险并重关，行行苦乐间。高处眼明低处惘，大野嘱箴言。

八

雪崖上下五华里，署度居然廿二差。

——刘建封

景致天然随意美，满山遍野有奇葩。

——张福有

四时奇景一望收，当真不忽悠。峰耸皑皑低蹴履，草甸绿油油。　　西坡口去掬清幽，石多浮滑柔。举步进三还退二，欲挽客勾留？

九

一线情长何日了，半天风起与心违。

——刘建封

攀藤扪石同携手，长白西坡枕翠微。

——张福有

者般气魄问谁同，古今蓑笠翁？敢向咸池钓竿把，白鹤舞回风。　一枚金石未尘封，钤宣透赭红[①]。更喜津门连海阔，旭日跃天东。

【注释】

①刘自力先生携刘建封曾用“天池钓叟”印抵长春出席长白山文化研讨会，张福有以印钤宣册并题诗跋。

十

信是天池名胜地，两台看罢看三山。

——刘建封

杜鹃岳桦似相问，百载由谁到此间。

——张福有

鳌潜鹤翥白云飞，熏风缓缓吹。景揽碧螺与麟凤，自在顾双台。　茶香未散酒香弥，墨香飘翠微。银桦红鹃争向告，岁岁有春回。

十一

白山遇夏时多雨，想必双蛇日日飞。

——刘建封

雪雹交加风正怒，西望忽见透晴晖。

——张福有

大荒自古衍龙蛇，翻云覆雨斜。壮士多还多雅士，屈指数兼夸。　　瑶池作砚不称奢，濡毫溅墨花。缕缕松烟盘素篆，缭绕接晴霞。

十二

诸君若到天池上，须把银壶灌玉浆。

——刘建封

解渴何妨先解意，此行一路饮泉阳。

——张福有

莫言钓叟恁疏狂，银壶灌玉浆。临泽看谁效鲸饮，腹里饱三江。　　岚光漫滤扯情肠，今生契大荒。一石一川一花草，指点话题长。

十三

关心飞雨过，冷眼替花愁。

——刘建封

今日巡山客，凌虚看水流。

——张福有

未必雨过生朗霁，怜雪裹花枝。参差怪石仰天叹，声声涨小溪。　　风月窝中仙鹿戏，早已影无窥。鸡冠岩上霜飞白，何时破晓啼。

十四

石边镂字者，也是避风人。

——刘建封

几度来寻觅，何曾慰苦辛？

——张福有

听那风号天豁口，石下避飕飕。燕然三勒人三到，白山聊识游。　　吟《酷相思》春夏走，霜雪又冬秋。云都停脚还云穴，先生歇歇不？

十五

有时借得春风力，直上青云不用梯。

——刘建封

野宿河边方四月，异花奇石梦中题。

——张福有

梯子河边梯石坐，扑扑掸尘多。似听浪问巡山客，仙人遇到么？　　指点前川休笑我，路远敢蹉跎。从来不肯时风借，山花补漏靴。

十六

迷入砚山走三匝，寻碑不易宿尤难。

——刘建封

倚云草木经风雨，穆石无踪心自寒。

——张福有

路岔山环迷可返，碑毁痛心剜。查边立石清风岭，安容起瘴烟。　　幸拓云笺雄作辩，字字柱长天。图们鸭绿东西去，滔滔碧浪掀。

十七

夜半山深风雨冷，龙吟虎啸紫貂啼。

——刘建封

棋输一步终成叹，未解远忧开局迷。

——张福有

北望寒笼孤隼梦，雪压紫霞峰。运交华盖白头怅，三奇刺在胸。 岁岁春风难与共，解意杜鹃红。恰如一颗朱砂痣，殷殷血色浓。

十八

白山有幸留知己，坠马河边死又生。

——刘建封

百二登临从不倦，身携纪略御风行。

——张福有

木石河边松荫帐，飒飒复淙淙。雪添青翠年年讲，传奇故事长。 大任于斯人择降，赤子有刘张。霜风披拂连今古，挺身乔岳扛。

十九

信是东方春意足，奇花异草不知名。

——刘建封

蜂翾蝶舞珍奇夥，雄丽妖娆是定评。

——张福有

雕如轮大巢何处？云深觅也无。黑紫葡萄结嘟噜，酸味带甜都。 珍稀物种基因库，所言真不虚。地火亿年开福地，树树铁珊瑚。

二十

户不闭兮遗不拾，山居犹有古风存。

——刘建封

重来我等翻为主，极顶诚心共闼门。

——张福有

虬枝铁干直为本，白山深扎根。雪抖精神雨湔翠，三水养真纯。清风习习何曾尽，冰怀不染尘。耕息晨昏桑梓地，代代葛天民。

二十一

二百余年传五姓，一人两屋即成村。

——刘建封

刘冯赵董徐承继，我赖白山深养根。

——张福有

一枚松子衍林海，还嗟几姓哉？风送炊香过岭去，听见唤童孩。　　野花灼灼忒无赖，鬓边争向开。呜哩哇儿真热闹，做甚你猜猜。

二十二

最好两间树皮屋，半年浮住半年闲。

——刘建封

每临此地查疆野，总觉憾深羞往还。

——张福有

树皮屋可还存否？山神庙在无？遥想当年走椽客，腰别酒葫芦。　　今兮不复往时语，霜天听鹧鸪。夜读刘张前后韵，半个月窥庐。

二十三

白山左右人烟少，百里还称是比邻。

——刘建封

犹记当年张太守，遣兵接济长精神。

——张福有

襟风带水长长路，道同心不孤。张姓两公同展臂[①]，今昔抱成弧。　松桦根扎深深土，枝丫相护扶。雨雪猖狂穷蹙迫，披挂绿如初。

【注释】

①张姓两公：指张凤台、张福有。

二十四

不有牛肝烟罩顶，谁称铁面露真容。

——刘建封

毒虫自古藏山里，大嚼何如小咬凶。

——张福有

老林耕作寻常见，山民带柳圈。更是无奇无不有，树上长“牛肝”。　天生万物成条链，一环连一环。花草人扶春四季，听鸟唱关关。

二十五

天池既许刘郎到，应倩麻姑痒处搔。

——刘建封

草木含情风解意，仙人桥下浪滔滔。

——张福有

自古大荒传说多，点亮老烟锅。长长乌杆长长夜，咕嘟嘴吮唆。　水怪山精过耳风，只记俩仙翁。查边著述披榛走，牵云十六峰。

二十六

地球何日能凿穿，多少功夫多少年？

向使中间留有隙，千钧一发系弹丸。

——刘建封

指星问月谁勘界，沐风栉雨重踏边。

故土堪望不可及，临山无语对先贤。

——张福有

若是地球能凿穿，踊跃敢争先。八千岁也轻弹指，烂柯何计年。　宝藏填充远祸根，花草接芳邻。交觞谁与天池坐，钩沉月一轮。

二十七

波荡霎时震五洲，管他东亚与西欧。

一声平地如雷起，想是天公蹴鞠球。

——刘建封

惨透汶川灾骤发，杳然校舍影难搜。

山崩地裂河无道，巴蜀遥望每湿眸。

——张福有

混沌初开地火崩，拱起圣山惊。传言大震庚辰岁，巍巍玉柱撑。　骀荡坤风弥远遐，福佑大中华。天东七彩云烧旺，晴烟罥野花。

二十八

放而弥也卷而藏，半面风光半面凉。

不是多情偏爱汝，惟君知我热心肠。

——刘建封

烟逢乱处胜云乱，雪到飞时比雨狂。

题扇东山无墨菊，春秋草木枉苍黄。

——张福有

鸭绿涛声日夜长，源问剑川江。那时题扇秋方近，可知风渐凉。　墨菊无关瘦与肥，世事恨迷离。天涯望断痴痴客，余香独抱枝。

二十九

寒气袭人秋在手，清风扑我月当头。
问君团体何时结，好绘东西两半球。

——刘建封

圣水草堂堪绕越，唐风宋韵早遗留。
每吟纪咏多空叹，偌大天池一镜收。

——张福有

月色当头宇在胸，思接白云峰。一封扇子双封面，合圆求大同。　飒飒秋风落叶魂，轶事卷中存。时光未拢先贤梦，踏山来后人。

三十

大江西区波涛涌，水打石头不住声。

——刘建封

峡谷激流传播远，穷岩绝壑任纵横。

——张福有

石不能言也有情，十里外轰鸣。今来古往滔滔诉，临流仔细听。　盛世花开雪浪欢，朵朵撞春澜。拍岩暖壁蒸云岫，西坡好景观。

三十一

烟围岭顶如华盖，月印江心疑钓钩。

——刘建封

化险为夷多少次，归来一路谢曹刘。

——张福有

一干人马汗涔涔，野风撩短襟。云岭逶迤残靰鞡，冷月冻江心。　情钟边地五君来，从头踏老垓。古履新痕交叠处，留意看青苔。

三十二

汤泉浴罢无多事，检点行装好入山。

——刘建封

西北南坡寻旧迹，百年苦旅又成班。

——张福有

西南派子铁崖边，咕嘟数眼泉。暖蔼蒸身汤乳好，苦累得天怜。　深山大泽许归真，赤条条子孙。岩石脊梁松样挺，谁与比嶙峋。

三十三

底是深山多胜迹，暖泉波起似珠圆。

——刘建封

北坡更有开锅处，蛋熟飘香不见烟。

——张福有

珍珠泉漾縠纹多，梦中捞得么？穿串晶莹环玉颈，拂水照梨涡。　更从野外品殊香，舌尖回味长。海北天南都走过，念念数东荒。

三十四

松棚灯下酒，布帐夜深棋。

——刘建封

当此亡羊后，补牢犹未迟。

——张福有

那时一十六峰偎，烧霞煮酒卮。月上中天量汉界，腕底带风驰。 而今浪浊海之南，松涛吼不咸。拨雾操轮凭大手，指处挂云帆。

三十五

铁崖偶见圆虹现，疑是蟾娥坠翠环。

——刘建封

足健方能享眼福，蛇行雀跃苦登攀。

——张福有

韶风浩浩大荒稠，先呈好兆头。诗域鸡林听韵报，冉冉紫霞酬。 曾经刘公遇圆虹，张公今又逢。亘古铁崖缘可证，两个老山翁。

三十六

江干多少天然趣，呵者渔翁啸者樵。

——刘建封

访古问今清俗虑，四千里路任迢遥。

——张福有

江流奔涌旋清波，山花燎过坡。柳线纤柔遮曲岸，蜜酿闹蜂窝。 鱼虾蹦进小船舱，林梢织夕阳。短啸长呵乡韵老，今古调同腔。

三十七

走过大荒三百里，居然此处有桃源。

——刘建封

漫江一蘸生花笔，妙处从今不可言。

——张福有

肥水膏田风景好，耕牧并渔樵。毵毵柳下归浣女，隔枝窥鸟巢。　撷韵池南夸圣境，华彩漫江营。天东一颗明珠嵌，腾光灿若星。

三十八

偶遇牧童骑牛过，汉书斜挂角头前。

——刘建封

不教木石齐开口，读破山音若许年。

——张福有

童稚咿呀初学语，都捧汉家书。之乎者也焉哉矣，五千年重儒。　撇捺竖横方块字，工整为思齐。但教众口莲花吐，熏风缓缓吹。

三十九

门对大江西，山高月影低。
苍茫云树里，逖听鹿呼麛。

——刘建封

斫木可当瓦，过河安用梯。
帐篷悬手电，诗雨夜空题。

——张福有

乐食江鱼油麦菜，佐酒饮开怀。桃源隐在龙岗后，寻思也本该。　小木屋还留几处，往事未模糊。树香裹梦酣甜里，疏篱蹿野狐。

四十

松花江上乘槎客，寻到天池信有源。

——刘建封

汩汩惊弦弹不尽，浩歌发自白云轩。

——张福有

遍野松花倾作雨，清冽漫江渠。流长独领同源水，丰饶溅玉珠。　九一八时和泪吼，不共戴天仇。中流遏浪好儿女，扬波十四秋。

四十一

想是天公有花癖，晚花只为此山栽。

——刘建封

奇芳伴雪清姿绝，春夏秋冬未可猜。

——张福有

直射新光惊俗眼，偌大个花园。铺开锦绣坡连谷，莽原红景天。　草木通灵人共性，寒极祖高情。岭头云接霞边色，春邀最上层。

四十二

孔子庙修于渠上，野人愿近圣人居。

——刘建封

江冈纪咏诗文在，前有界碑当不虚。

——张福有

尔毁界碑吾立庙，代代记心牢。偕员借宿闲房里，诗成月下敲。　圣水渠清流沆沆，源溯出南冈。冈无废矣渠焉竭，欢波鸭绿江。

四十三

二水居然合而一，鸭绿汩汩向南流。

——刘建封

剑川源上界碑毁，光绪初年传尚留。

——张福有

浸空澄碧凝寒翠，奔生绿蟒威。咬破巉岩开豁朗，撒网打鱼肥。　郊原泽被丸都过，揽怀西大河。探古之初名豆谷，欲诉浪先哦。

四十四

二十四沟明月夜，江边露宿不知愁。

——刘建封

双溪更比西湖瘦，谁哭半桥诗断头。

——张福有

寻源鸭绿经三起，率先兵仆随。陵谷崎岖无鸟道，步履跋艰危。　听涛夜宿两江口，中天月色幽。到此山人同咏叹，风冷浪飕飕。

四十五

黑山无怪石，红叶待诗人。

——刘建封

四季多风雨，年年枉自春。

——张福有

山无怪石人生怪，说来颇费猜。垄现宝光泉涌墨，铁矿或深埋。　多情最数霜枫了，依依罥树梢。裁作诗笺心血浸，风雨任萧萧。

四十六

怪底深山多魈魅，木头无翼也能飞。

——刘建封

江边廿四沟犹在，唐塔精庐不可违。

——张福有

横山派子黄松夥，荫余沟复坡。坡上参娃沟底探，金子委窝窝。　望天鹅守灵光在，塔中存木牌。遍野梨花争雪色，伫望白皑皑。

四十七

几度鸭江几流涕，三韩是我一前车。

——刘建封

先贤足迹未湮灭，深处白山云不遮。

——张福有

闲时江岸扶栏走，风轻浪也柔。扑刺野凫声嘎嘎，摆爪两边游。　漪痕一瞬平如镜，心波荡不平。涕溅翻涛频入耳，不绝似叮咛。

四十八

不见朝鲜同印度，齿寒才觉两唇亡。

——刘建封

悠悠岁月迢迢路，一梦质阳通洛阳。

——张福有

环池十六峰峰迴，当胸豪气生。目射电光量四域，直若海东青。　浓浓雾霭重重嶂，御风追太阳。唯愿地球同一抱，率舞水云乡。

四十九

恼恨三韩风雨急，不时飞过大江西。

——刘建封

山人当此莫忧虑，阳岔剑文铭李跻。

——张福有

田塍直溜锄杆硬，理知天不刑。莳弄自家三亩地，布谷鸟和鸣。蔺戈李剑凝寒气，锵然削铁泥。寸土寸金承祖训，腊尽喝春犁。

五十

猫山鸭水木商多，半是华工半是倭。
韩士不知亡国恨，横舟犹唱渡江歌。

——刘建封

百年风雨瞬常变，一夕雪霜惊几何。
每对峰头徒自问，灵丹安得去陈疴？

——张福有

风催树挺石掀浪，休怜道道伤。枝劲魂雄齐怒吼，打鬼下东洋。　宁将玉碎填江渚，腰弓耻做奴。人若低头尘压顶，咽泪悔当初。

五十一

江边只有千余户，五百华人七百韩。

——刘建封

古往今来多少事，西京鸭绿府中看。

——张福有

五月临江杨柳岸，重演上河图。江鱼新捕陈年稻，笤筐挤果蔬。　背上娃娃头顶罐，挑担汉家夫。方言手势猜知道，当垆米酒沽。

五十二

城中自古无车迹，东道难于蜀道难。

——刘建封

几度查边曾驻马，荡平岭上数层峦。

——张福有

淫雨更添东道险，赶路叱毛驴。三熊突遇一熊罴，兵伤亲手扶。　月亮当空听仔细，半句没虚乎。双松岭下还流淌，那条清水渠。

五十三

儿童不识为何物，看罢归来问父兄。

——刘建封

莫道书中编故事，将军吼处起涛声。

——张福有

绝巘狰狞横老岭，障塞叹嵯峨。披榛一举荡平了，双碑镇鼠魔。　车笛声声盘道上，白桦树林多。固疆不惧寒流骤，刺天挥玉戈。

五十四

转过山头闻犬吠，两三间屋野人家。

——刘建封

百年溪井水清澈，沟亦姓曹名不差。

——张福有

野径花开分舞蝶，家犬嗅衣亲。晨炊袅袅留山客，宽襟饱嗝频。　枫叶红时情亦笃，浅井漾微痕。人人争饮非因渴，尝尝那股淳。

五十五

看山山不断，山气映斜晖。
榆荚争岚翠，梨花带雨肥。
偶逢他客过，问自插秧归。
更有天然趣，泉声入耳微。

——刘建封

玄说俚风乡俗趣，莫笑瞎呛呛。老榆野岭川河谷，地名沿用长。　榛树林中榛果熟，太祖得匡襄。屯兵半月兴京克，美谈传未央。

五十六

江源开八岔，树干合三围。
走笔添神韵，登程住雨霏。
轻吟听浩渺，纪咏颂崔巍。
东亚最高处，拿云手一挥。

——张福有

纪咏王碑描重彩，角砾老岩雄。身披汉隶龙山下，世人朝海东。　说小江南钟毓秀，兄弟两碑逢。壬辰麻线河掀浪，边城起大风。

五十七

为天梁柱非人力，借尔屏藩是帝心。

——刘建封

古柏苍松今尚在，山前得句向公吟。

——张福有

祈借帝陵隆业祚，世事有凉炎。苍苍古柏无聊赖，临风屡拂髯。　诗以山传堪证史，大泽共揉蓝。韦编映雪同呵手，叠云雄不咸。

五十八

东道新开日，苍茫近太初。
两三间板屋，最好此山居。

——刘建封

再过百年后，谁来以祭予。
天池思钓叟，无事乱翻书。

——张福有

头道花园芳草甸，誉享棒槌营。浮生直欲此间寄，啁啾隔树听。　奥壤松风吹猎猎，霜角总催征。小孤山有铮铮骨，拔身犹自撑。

五十九

山神夜有游山兴，一目了然百兽王。

——刘建封

有幸生来偏属虎，无边林海自行藏。

——张福有

一十六峰盘古王，列阵谢天王。逢华诞日风和暖，齐齐拜父王。　林莽关重跃虎王，生就额钤王。劬劬游兴浑无减，奈何山大王。

六十

游遍花园寻古道，愿将铁笔写新愁。

——刘建封

而今重走踏查路，为史奔波为国忧。

——张福有

逶迤诗履塞边秋，霜花结朵秋。卷掩时逢窗雪霁，直若洞春秋。　　心头未许叠凉秋，肩头扛起秋。裁韵东荒横雁阵，嘹呖半天秋。

卷四　楹联

集安风情楹联八副

一、高句丽民俗柱

玉有痕，深参一卷千秋画；

荷无意，仰读千秋一卷书。

二、文化集安

歌传豆谷，词源韵发隋炀帝；

笔架龙山，功绩碑铭好太王。

三、荷塘

舴艋舟头莲子满；

琵琶声里月儿高。

四、渡口

鸭绿江流，画舸凫边逗；

鹅黄柳系，春心浪里揉。

五、题集安夜色

七星山引七星桥拱七星连北斗；

多彩梦萦多彩笔描多彩炫边城。

六、题集安印象

林密山雄水湛花娇云淡风清畅快深呼吸；

业兴物阜衢通食美居安人雅悠闲最乐呵。

七、题滨江广场

月亮桥，情人绰约；

太阳鸟，古韵呢喃。

八、题高丽烤肉

红炉拥合太阳火；

绿蚁呼分荷叶杯。

集安钱湾村民宿人家楹联二副

一

浣心溪水匀长斛；

撑荫山榆佑福人。

二

几叠屏风因水皱；

三秋果实为君甜。

集安高台村民宿人家楹联二副

一

营小筑香泥暖岁；

听晨鸡响履高程。

二

安心放下星星子；

净耳来听蛐蛐儿。

贺集安楹联学会成立两副

一

一帜飘霞开阵仗；

众声喝驾掣风云。

二

长流乡韵丸都水，情满城头月；

高举联旗大禹山，艺弘天外风。

题治安村东北抗联第一路军军旗徽雕

刀丛身挺抗联人，高擎首帜
云岭松排仪仗队，漫卷千秋

题治安村抗联食堂

土灶犹温，分明胸口烧团火
烟炊未散，依旧舌尖吮缕香

题治安村抗联军校两幅

一

幽暗松灯，点亮无边夜色
叮咚岩溜，听长万壑琴声

二

砺石磨刀，迸溅火星寒寇胆
青松列阵，抟扶风雪搏狼烟

题治安村烈士陵园

石冢联肩，战友妻儿衿甲胄，
樵风满野，花光稼穑稔家园。

题榆林红色治安

苍黎胜日珍长治；
福地和风利久安。

题红色治安文化长廊

抗联故事听星夜；
终亩桑麻计萼春。

题集安阳岔抗联秘营棋盘石

铁血犹红，看清此地这方石；
山音未远，走好当年那步棋。

康平街大门楹联

康乐人挎天上月；

平安福积掌中金。

题育才社区

择邻孟母居何处；

植桂社区夸育才。

题顾林先生大型画作《古城集安》

气腾韶乐巡天地；

象蕴河图演古今。

题 秋 居

寒露挎鲜银杏树；

重阳煮酽菊花茶。

题江密峰古梨园

寻香不独梅园去；
匀白多疑天雪留。

后　记

“长白山诗派丛书”的编撰付梓，是对习近平总书记提出的“文化自信”的积极响应，是吉林省文化事业的一件盛事，也是在改革开放四十年后对传统文化的一种继承与弘扬。我有幸在丛书中占得一册，感谢省诗词学会对我十年来不懈努力的嘉勉！感谢编委会各位师长的辛苦付出！现从以诗证史、纪事，使命在肩，弘扬长白山精神的角度，用我几年前发表在《吉林日报》并获得征文三等奖的《长白山诗词流派的重要使命》一文，略做整理，代为后记。

一、源与流，以诗证史，继往开来

一个流派的初萌到兴起再到发展，是要经过漫长过程的。长白山诗词最早可追溯到《诗经·大雅》中的《韩奕》篇：“王锡韩侯，其追其貊。奄受北国，因以其伯。”是说周王封赐韩侯到追国、貊国这些地方，去扶柔北边的国家，充当他们的首脑。这里的“追国”“貊国”就是我们的长白山地区。《诗经·小雅》中有《大东》篇。大东，指极东、远东，正是今之长白山地区。至今白山市尚有大东村、大东车站。《楚辞·大招》第四段专写女乐美盛：“小腰秀颈，若鲜卑只。”其中的“鲜卑”就是指秦前后居于辽东的游牧部落东胡族的一支。有确切作者纪年的诗作是《黄鸟歌》。以后历朝历代也都有诗家诗篇传世，并不断有新鲜元素汇入。隋炀帝的《纪辽东》，首开词宗。词中的“清歌凯捷丸都水，归宴洛阳宫”，将词的源头更是探到了长白山脉的丸都古城，也就是今天的世界文化遗产、中国历史文化名城吉林省集安市。近、现代的伟人名家亦有名篇流传。1998年出版的《长白山诗词选》是一部集大成之著。书中年代跨越两千多年，收录古今中外五百二十六人所作的一千一百四十五首作品。据辑笺此书的张福有先生在此书前言里所言：“意在以诗存史、以诗纪事、以诗咏物。”依据这一旨要，“从楛矢石砮、海东青到关东三宝，从天池瀑布到三江，从高句丽、乌桓到渤海国，从抗联、四保临江到抗美援朝，从奇花岳桦到美人松，从温泉峡谷到吉林雾凇，大凡古今东北之要事，千里长白之风情书中均有反映”。《长白山诗词选》的出版，是长白山诗词流派建设的一个里程碑，继2000年以张福有先生挂帅的吉林省长白山文化研究会成立，到2010年蒋力华先生“诗域吉林”的提出，都昭示长白山诗词春天的来临。

随着长白山文化研究的开展和不断开掘出的新成果，长白山诗词逐渐兴盛起来。特别是网络时代的来临，诗人们借助这个平台，放歌盛世，寄情山水，浅吟襟抱，空前活跃。2010年，吉林省诗词学会参与主办关东诗阵，以传承中华诗词、培育长白山诗词流派为宗旨，团结了全国大批诗词爱好者，成为中华诗词论坛的一支劲旅。吉林省委、省政府办公厅下发《关于印发长白山文化建设规划纲要》的通知，标志着长白山文化由研究转入实施，更是激起了诗人们的创作热情。2012年6月27日，吉林省政协又成功举办了长白山文化发展论坛。著名学者余秋雨先生做了主旨演讲。演讲中，把长白山文化放在世界文化的宏观角度下重新解读，得出“长白山文化在中华文化中是一个非常重要的现象”，提出“异态文化”和“生态文化”的新观点，打开了更为广阔的视野。长白山文化研究会会长张福有先生的主题发言更是将十多年的研究成果展示出来。从考古发现到科学求证，从学术研究到网络检索，从田野调查到著书立说，长白山文化中的精粹——长白山诗词以她绵延清晰的脉络、瑰丽琳琅的华彩呈现在人们的视野中。这些都唤起了诗人对长白山文化的自豪感和责任感，使其对培育长白山诗词流派的重要性有了更明确的认识，以诗证史的使命感更加强烈。

二、情与美，以诗证史，引人入胜

“翩翩黄鸟，雌雄相依。念我之独，谁与其归？！”这是上文提到的有确切纪年及作者的《黄鸟歌》。作于公元前17年，作者是高句丽第二代王琉璃明王类利。诗中类利对因负气出走的汉家女子雉姬表现出的脉脉温情和依恋令人读之可见。委婉的笔触、含蓄的比兴、优美朴实的情境在浩如烟海的诗歌中也不失为一朵奇葩。从以诗证史的角度，我们更看重的是它透露出来的历史信息：民族间的融合，不只在民间，王族与汉家联姻也司空见惯。因二女争宠不和，汉女雉姬趁类利王田猎箕山未归时衔恨而去。类利王策马追到一棵大树下勒住马。

“亲爱的，跟我回家吧。”

“不回。”

“回去吧。”

“不回……”

夕阳中，黄鸟翩翩归巢。

类利王：“一对对回巢的鸟儿啊，亲密地嬉戏着。有谁可怜我的孤独，和我一起回家呢？”

“讨厌！”雉姬转怒为嗔。此情此景，与寻常百姓家夫妻间的小插曲别无二致。

“金花折风帽，白马小迟回。翩翩舞广袖，似鸟海东来。”这首五绝，是唐朝大诗人李白写东北地方少数民族的诗。它以简洁生动的笔墨取胜，栩栩如生地再现了高句丽人的形象和风情特点，表现了诗人浓烈的情感倾向。在肯定这首诗的艺术价值的同时，我们更看重它的历史背景所反映的历史现实。那就是在唐代，有大批的高句丽人移居中原地区甚至黄河以南。可以想见，这些移居中原的高句丽人在较长时期内仍保持其民族的风俗习惯，能歌舞，善饮酒。想必是斗酒诗百篇的大诗人李白在游历中与高句丽后人有过接触，抓住其特点，以生花妙笔勾勒出传世名篇就十分自然了。李白的另一首五律《送王孝廉觐省》中有句“窈窕晴江转，参差远岫连”，优美明朗，工稳有致，为后人称道。诗中所送之人是后来渤海国太守、赴日大使王孝廉；晴江，应当是发源于长白山南麓的鸭绿江。李白将王孝廉从鸭绿江口乘船返回渤海国的景象浪漫又深情地展现了出来。他没想到的是，两首诗于不经意间传递出：高句丽和渤海国在当时都是受唐朝册封的我国古代东北边疆的少数民族政权。北周王褒的六言诗《高句丽》开头两句“萧萧易水生波，燕赵佳人自多”，将燕赵与易水作为描写高句丽族的背景。可见早在南北朝时，高句丽民族与华北地区就有很密切的交往。漫长的历史进程中，各民族间往来不断，融合愈甚。

客观地说，古代的诗词作者们并没有以诗证史的使命感。他们只是以诗纪事，以诗咏物。但我们不是也从纪事咏物的诗句中管窥到了当时的社会政治和社会生活吗？不是也从这些诗篇中接收到了先人们发自遥远的明确的历史信息吗？不是也从他们抒发的情感中体察到他们的人文倾向吗？由此可以看出，那种不是刻意为了某种目的的、随意率性流露出来的思想情感，更接近事物的本质，更令人感动，更易被社会认可。

三、忧与责，以诗证史，自觉担当

“忧责重山岳，谁能为我担？”这是三国时期束马悬车，以登丸都，之后刊丸都之山，铭不耐之城，讨伐高句丽侵叛有功的魏国幽州刺史毌丘俭的诗《之辽东》。其沉郁铿然自不必说。诗中所散发出千百年来的沉重感犹令人感同身受。中国传统文化的核心精神就是自强不息、以天下为己任的忧患意识和“三军可夺帅也，匹夫不可夺志也”的气节。这也就孕育了“路漫漫其修远兮，吾将上下而求索”的求是观；“先天下之忧而忧，后天下之乐而乐”的忧乐观；“人生自古谁无死，留取丹心照汗青”的生死观；“天下兴亡，匹夫有责”的荣辱观。长白山诗词流派绵延至今，极其浓烈地体现了这种精神以及派生出的果敢行为。就清朝而言，我们知道清晚期与列强签订了不少丧权辱国的条约。但在东北的戍边大臣们却多有建树。《皇华纪程》诗录是吴大澂1886年受命赴吉林珲春与沙俄代表查勘边界“赋诗纪事”，以日记形式记录了沿途见闻和与沙俄代表会勘的情景。此次勘界他据理力争，收回了黑顶子要隘，使中国船只可以自由出入图们江口。此书中的诗同文一样是研究东北边疆史地、风俗等的重要史料，是长白山文化、长白山诗词之又一奇葩。被孙中山先生称为“盖世之杰”的边务督办大臣吴禄贞，“两度筹边，烽火三年”，以笔作刀枪，捍卫了国家的主权和领土。他同日本人交涉，据理力争，迫使日本人不得不撤出中国边境。这也成为了晚清唯一的没有以割地赔款而告终的对外交涉。其存世有诗集《西征草》《戍边草》。“辽东第一佳山水，留到如今我命名”，这是晚清秀才后任安图知县的刘建封《白山纪咏》中的开篇诗句。1908年，他奉命率队勘查奉、吉两省界限，踏查长白山。历时三个多月，完成调查报告上呈，又历时两月著成十万言的《长白山江冈志略》（含《白山纪咏》）。“纪咏”不像正史那样“刻板”地记录，而是融进了咏者的真情实感。一路的奇闻逸事，所思所虑，用诗的语言边走边记，这是正史中不见或极少见的。也恰恰于这“不经意”处，保留下了重要的历史资料。一如屈原的《离骚》《九歌》，杜甫的“三吏”“三别”，等。《白山纪咏》里，刘建封同测绘员王献之露宿圣水渠庙旁，咏之：“孔子庙修于渠上，野人愿近圣人居。”深山老林中建有孔子庙，证明儒家思想及儒家文化已传播到边疆之地。

时光荏苒，2008年，在刘建封踏查长白山一百周年之际，张福有先生率队沿刘建封踏查路线重走一遍，为《白山纪咏》再赋《百年续韵》。其家邦情感炽热深沉，其艺术美感珠联璧合。请看：

迷入砚山走三匝，寻碑不易宿犹难。

——刘建封

依云草木经风雨，穆石无踪心自寒。

——张福有

这里的碑和穆石，是指清朝时乌喇总管穆克登奉旨查边所立。后被朝鲜人北移再被毁。刘建封寻碑迷路，而张福有先生百年后到此更是心生惆怅。

游遍花园寻古道，愿将铁笔写新愁。

——刘建封

而今重走踏查路，为史奔波为国忧。

——张福有

一位自号“天池钓叟”（ 刘建封），一位别署“长白山人”（ 张福有）。一百年后，两个人为着同一座山而心律共振，履痕重叠。苍莽的长白古道上，他们的忧责，他们的担当充分体现了中国传统文化的精髓。而张福有先生更是将其发扬光大。十几年来，不辞辛劳地为东北边疆史地殚精竭虑地奔忙，为长白山文化事业不分昼夜探索研究，单就为传承国粹、为长白山诗词流派以诗证史的使命得以昭彰。2007年至2017年的十年间，他组织、策划、主编、率咏并在吉林人民出版社和香港亚洲出版社出版的大型诗词集就有三十四部 。正可谓硕果累累，被中华诗词论坛张驰站长称为“关东诗阵现象”“吉林诗词现象”。长白山诗词流派这支队伍也被周笃文先生称为“关东铁军”。这支铁军在对传统诗词继承的同时还不断创新，先后根据地域特色厘定新的词谱：《纪辽东》《一剪梅引》《海龙吟》。新谱在诗坛不断推出，诗友赞曰：功莫大焉、功德无量！

在可喜的成绩面前，长白山诗词的领军人张福有先生仍旧保持着清醒的头脑和进取的精神。我注意到，他几年前就在诗词中多次使用“支撑”这个词，这既是对自己的砥砺，也是对祖国传统文化的自信。习近平总书记《在中国文联十大、中国作协九大开幕式上的讲话》中说到：“中华民族生生不息绵延发展、饱受挫折又不断浴火重生，都离不开中华文化的有力支撑。中华文化独一无二的理念、智慧、气度、神韵，增添了中国人民和中华民族内心深处的自信和自豪。”让我们在自信和自豪中，放歌长白山精神吧！

李容艳

2018年5月

总 跋

经与蒋力华先生多年的思考、谋划与操办，在我省老领导王云坤、张岳琦、唐宪强的关心、支持下，在吉林省委宣传部、吉林省财政厅、白山市委、吉林省文史研究馆、吉林省长白山文化研究会和时代文艺出版社的大力支持下，吉林省诗词学会、长白山诗社认真操作、实施，“长白山诗派丛书”终于面世。

“长白山诗派丛书”，原思路是编撰“长白山诗词流派丛书”，以长白山天池为发端，将沿大泽、松花江、鸭绿江、图们江、伊通河、东辽河、辉发河、浑江、牡丹江、嫩江等江河的诗人之作品分别结集成卷，再加上一卷黑土地农民诗人卷，共编辑出版三百卷，已经列出入围名单。在征求意见时，各方普遍感到规模过于庞大，缺乏财力支持，难以启动和实现。后来，便收缩了范围，缩小了规模，改为“长白山诗派丛书”，规模为一百卷，分三年完成。2019年，是新中国成立七十周年，就先出七十卷，向国庆七十周年献礼。2020年，是长白山诗社成立三十七周年、吉林省诗词学会成立三十三周年、吉林省长白山文化研究会成立二十周年，再编辑出版三十卷，完成一百卷的创新、补白之举。

中国作为诗的国度，“诗派”之说古已有之。盛唐之诗代表了唐诗的最高成就，这是唐诗的第一个高峰。其标志是两大诗派：一是以王维、孟浩然为代表的山水田园诗派，二是以高適、岑参为代表的边塞诗派。李白和杜甫是盛唐双峰并峙的伟大诗人，他们的诗歌代表了唐诗乃至中国古典诗歌的最高成就。唐德宗贞元到唐宪宗元和年间（785—820年），唐诗发展的第二个高峰出现了。其标志也是两大诗派的崛起：一个是以白居易为首，元稹、张籍、王建、李绅等人为羽翼；另一个是以韩愈为首，孟郊、贾岛、卢仝、李贺等为羽翼。他们面对诗的创作“极盛难继”的困境，敢于追求变化创新，努力从博大精深的杜甫诗中汲取开拓创新的思想艺术营养，学习杜甫“因事立题”、用乐府诗反映民生疾苦，使杜诗的现实主义精神得到进一步发扬光大。他们继承了杜甫在艺术上刻意求新、富于创造性的精神，写险怪、写幽僻、写苦涩、写冷艳等，以散文章法、句法入诗，并且大量使用一些非前人诗中所习见的词语，押险韵，拓展了诗的表现领域，丰富了诗的创作手段和艺术风格，推动了唐诗的发展。现在，我们距唐诗第二个高峰，已历约一千二百年。

清代诗人宋荦在《漫堂说诗》中写道：“唐以后诗派，历宋、元、明至今，略可指数。宋初晏殊、钱惟演、杨亿号‘西昆体’。仁宗时欧阳修、梅尧臣、苏舜钦谓之欧、梅，亦称苏、梅，诸君多学杜、韩。王安石稍后，亦学杜、韩。神宗时，苏轼、黄庭坚谓之苏、黄。又黄与晁补之、张耒、陈师道、秦观、李廌称苏门六君子。庭坚别开‘江西诗派’，为‘江西’初祖。南渡后，陆游学杜、苏，号为大宗。又有范成大、尤袤、陈与义、刘克庄诸人，大槩杜、苏之支分派别也。其后有‘江湖’四灵徐照、翁卷等，专攻晚唐五言，益卑卑不足道。金初以蔡松年、吴激为首，世称‘蔡吴体’。后则赵秉文、党怀英为巨擘，元好问集其成。其后诸家俱学大苏。元初袭金源派，以好问为大宗。其后则称虞（集）、杨（载）、范（椁）、揭（徯斯），元末杨维祯、李孝光、吴莱为之冠，前如赵孟頫、郝经，后如萨都剌、倪瓒，皆有可观。明初四家，称高（启）、杨（基）、张（羽）、徐（贲），而高为之冠。成、宏间李东阳雄张坛坫。迨李梦阳出，而诗学大振，何景明和之，边贡、徐祯卿羽翼之，亦称四杰，又与王廷相、康海、王九思称七子。正、嘉间又有高叔嗣、薛蕙、皇甫氏兄弟稍变其体。嘉、隆间李攀龙出，王世贞和之，吴国伦、徐中行、宗臣、谢榛、梁有誉羽翼之，称后七子。此后诗派总杂，一变于袁宏道、锺惺、谭元春，再变于陈子龙。本朝初又变钱谦益。其流别大槩如此。”

关于清诗流派，众说纷纭。《清诗流派史》一书细分了二十多个诗派，竟无一个长白山诗派，显然值得思索与商榷。长白山诗派是个客观存在，不论是否论及，都否定不了其实际上的存在。这一点，本书总序中已有论述，恕不赘言。

长白山地处东陲，“东陲无文”之见根深蒂固。传承、繁荣长白山诗派，是长白山地区诗人责无旁贷的使命。在这方面，我们努力了。从1994年蒋力华在白山市主持召开全国第一次长白山文化研讨会、1996年我在白山市主持召开全国第二次长白山文化研讨会、1998年我在白山市主持召开第三次长白山文化研讨会暨《长白山诗词选》首发式起，我们持之以恒地努力了二十多年。这二十多年，我们主要做了三件事：

一是，梳理了长白山诗词在中华诗词中的源流关系。雄伟的长白山和广袤的关东大地，是孕育长白山诗词的肥沃土壤。类利的《黄鸟歌》，是长白山下第一首有确切作者名字的带有《诗经》风格的四言诗。隋炀帝的《纪辽东》，是词的源头。其中写道“清歌凯捷丸都水，归宴洛阳宫”，丸都，就在长白山下。李世民的“驻跸俯丸都，伫观妖氛灭”，亦然。李白的《高句丽》《送王孝廉觐省》，直接写长白山下的土著。苏东坡的《人参》，直接写到长白山的特产。陆游的“鸭绿桑幹尽汉天”“却回射雁鸭绿江”，都是写长白山发源的鸭绿江。张元幹的“山拥鸡林，江澄鸭绿”，正是长白山的景物。王寂的《张子固奉命封册长白山回以诗送之》，是以诗证史的权威诗作。赵秉文的《长白山行》、刘敏中的《卜算子·长白山中作》，不可多得。元曲中的“雄赳赳，气昂昂”，成为中国人民志愿军军歌的歌词。朱元璋的《鸭绿江》，康熙的《望祀长白山》《松花江放船歌》，尤侗的《长白山赋》，吴兆骞的《长白山》《长白山赋》，曹寅的《乌拉江看雨》，纳兰性德的《柳条边》，乾隆的《望祭长白山》《吉林土风杂咏十二首》，顾太清的《冰灯》，吴大澂的《皇华纪程》，张凤台的《赠刘建封勘查长白山》，刘建封的《白山纪咏》，吴禄贞的《又留别长白山》等，不胜枚举。两千多年，诗咏长白，一脉相承；脉发长白，源远流长。中华民族诗的传承在东北、在吉林有脉可寻。从隋炀帝的《纪辽东》到康熙的《松花江放船歌》，就是一部史诗，也是关东大地的历史，清晰地记载着、深远地影响着中国的历史。以诗可以纪事，以诗可以证史。

二是，搭起了以诗词贯通古今的桥梁和平台。新的长白山诗派，由1998年《长白山诗词选》的出版开始，代表着新气象之开端，至今已二十一年。2004年，吉林省诗词学会与“中华诗词论坛”合办“关东诗阵”，至今已历十五年。“吉林诗词现象”“关东诗阵现象”，已经在中华诗词界得以公认。这应是中华诗词由复苏到复兴进程中的新生事物。我们以“关东诗阵”为主要平台，组织东北以及关内关心东北地区诗词文化建设的诗人，坚持集中开展采风创作，紧紧围绕长白山诗词流派建设，以诗纪事、以诗证史，在创作中培养、提高队伍。“吉林诗词现象”和“关东诗阵现象”，实质上是当代中华诗词的一种创造性实践，是长白山诗派复兴和崛起的象征。

自2007年以来，我们搞了二十多次采风创作，在吉林人民出版社、吉林文史出版社、时代文艺出版社出版了二十多部大型主题诗词专集。在“华夏杯”等全国诗词大赛上，邵红霞等诗人多次获大奖，吉林省诗人甚至曾囊括一、二、三等奖和优秀奖。

《长白山诗词》杂志，有国内和国际公开刊号、有经费、有编制，成为诗人永远的家园……《长白山诗词》创刊三十五年，已出刊一百五十期，刊发诗、词、曲等七万多首。《长白山诗词选》收录诗词作品一千一百六十一首。《中华诗词文库·吉林诗词卷》刊发诗词三千五百五十五首。二十多部采风专集收录诗、词、曲、赋三万余首。直接写长白山等景物的计约一万五千首。这是之所以敢称长白山诗派的雄厚的诗词作品基础和现实的工作基础。

三是，培养了队伍，创作了一批标志性作品。拙斋与蒋力华先生写长白山及关东地区景物的诗词，都在一千首以上。这都是从来没有过的。我们整理、新创了《纪辽东》《玉甸凉》《海龙吟》《一剪梅引》等新词牌，得五千多首作品，温瑞先生称其“具有里程碑的意义”。自2005年以来，连续十五年举办迎春唱和活动，范围包括全国各省，和诗数量近万首，古之未见。在诸如“呼唤”“蟹岛唱和”“海棠雅集”等当代国内最重要的诗词活动中，我们大致都提供了二分之一的作者、三分之二的作品。范围之广、数量之大、反应之灵敏、集结之快速，都是关东诗阵、诗域吉林的特殊存在、实力所在。拙作《张福有诗词选续辑》的出版，被誉为当代长白山诗派的代表作和巅峰，直接促成了“长白山诗派丛书”的立项。

从诗教和诗词基本建设方面来说，我们有意识地下了很大功夫。吉林省诗词学会老会长、长白山诗社社长张岳琦携女张昕所著的《诗词格律简捷入门》，一版再版，深受欢迎。拙著《诗词曲律说解》，公木先生作序，畅销南北，免费发在“国学宝典”网上，惠人无数。吴文昌的援藏援疆新边塞诗，蒋力华的《纪辽东》，张应志的《关东历史名贤百咏》，温瑞的民间风情，聂德祥的《虎啸集》等，都可圈可点。在被周笃文先生誉为“关东铁军”的兵团中，有十分耀眼的女子方阵和农民方阵。王述评、于子力、胡玫、王丽珠、赵凌坤、李容艳、奚晓琳、黄春华、陈静、卢海娟、林丽、吴菲，被称为“十二仙媛”，出版了《十二仙媛集》。许清忠、李彦、刘振翔、张利春、王雪梅、王玉孚、杨丽、高俊香、常红岩、冯振江、杨秦山、郎丽萍、金福昌等一批农民诗人和赵志梅等一批工人诗人，已经成为吉林黑土地上的知名诗人。

由上可知，2010年杨金亭先生关于“可以说，长白山诗词流派，现在已经初步形成”的概括，是符合实际的。面对如此丰厚的成果，我们有责任将其裒辑成卷，以便于当代及后人研究。我们面临一个新时代、好时代。这一时代的长白山诗词创作，着眼历史使命，秉持人民立场，坚定文化自信，繁荣诗词创作，记载发展历程，积累创作经验，是不可断条、不可或缺的。留下我们所处时代的诗的韵律、诗的画卷、诗的记忆，不负我们所处的伟大时代和庄严使命。这套丛书的出版，也有助于消除“东陲无文”的偏见。

“长白山诗派丛书”已入选的作者和作品，无疑是当前吉林省和辽宁省、黑龙江省诗人中的佼佼者和代表作，但并非没有不足之处。同时，由于名额所限等因素，还有一些作者、佳作未能入选。这当然是一个遗憾。好在还有多种渠道和路径，会不断弥补这个遗憾。应当相信，只要是好诗词，就不会被埋没。

“长白山诗派丛书”的出版，既是对一个阶段长白山诗词成果的集中检阅，又是一个新的起点和标志。以往若干研究中国东北文学和诗词的学者，大都无视当代旧体诗人之作。这不能怪别人，至少我们没有系统呈现这方面的丰硕成果。相信“长白山诗派丛书”出版之后，这一情况会有所改观。如此丰硕的诗词成果，是不容忽视的。至于如何评价，那是又一回事，而且对于现在来说，那不是主要的。是非成败，悉由后人评说。

最后，还要由衷地感谢王云坤同志为“长白山诗派丛书”题签。感谢省委宣传部和时代文艺出版社，自觉贯彻落实习近平总书记关于文化建设一系列重要指示，积极立项“长白山诗派丛书”一百卷。这是长白山文化事业建设的大举措，是一种高度的文化自信和文化自觉。时代文艺出版社决定要出精装本，精心选择印刷厂家，体现了高度重视和担当精神。在编辑的过程中，经费不足，得到了白山市委的给力支撑，这也是高度的文化自信和文化自觉的鲜明体现。全省各级诗词学会和诗词组织，认真贯彻落实省诗词学会的部署，精心选择、推荐作者，积极帮助准备作品，在极短的时间内，高效地完成各项任务。所有作者都积极主动，像珍惜生命一样珍惜这样千载难逢的好机会，认真选稿，反复修改。“长白山诗派丛书”的主编、副主编、编委会成员以及出版社的编辑、制作团队，日夜兼程，加班审稿、改稿，扫除差错。正是各方面的配合与努力，使这项空前的诗词文化工程得以顺利完成，并以此向新中国成立七十周年献礼。

总跋赘语

赫然百帙出东陲，率发洪荒力共推。
十六奇峰围大泽，三千弱水毓雄碑。
磬音启昧缥缃醉，手斧披榛锦绣维。
聊引遐陬通韵府，一开绮卷一扬眉。

張福有

2019年4月20日于长春养根斋